IT 정보보안 전문가가 되는 길

4차 산업혁명 시대, IT 정보보안 진로설계

발 행 | 2019년 11월 4일

저 자 | 원동인

편 집 | 차영민

펴낸이 | 한건희

펴낸곳 | 주식회사 부크크

출판사등록 | 2014.07.15.(제2014-16호)

주 소 | 서울 금천구 가산디지털1로 119 SK트윈테크타워 A동 305-7호

전 화 | 1670-8316

이메일 | info@bookk.co.kr

ISBN | 979-11-272-8566-1

www.bookk.co.kr

IT 정보보안 전문가가 되는 길

4차 산업혁명 시대, IT 정보보안 진로설계

원동인 지음

목차

프롤로그

1990년대 후반 우리나라는 인터넷 열풍이 불었습니다.
제3의 물결이라고 불렸던 인터넷 광풍에 우리나라는 인터넷 강국으로 우뚝 서고 인터넷 보급률 세계 1위로 올라서는 기염을 토했습니다. 그렇게 인터넷 보급률 세계 1위에 매몰된 2003년, 1.25 인터넷 대란은 우리에게 사이버보안의 중요성을 일깨워 주는 계기가 되었습니다.
인터넷이 보급된 지 20년이 지나고 있으며, 2009년 본격적인 스마트폰 보급이 시작된 지도 10년이 지났습니다. 그동안 우리의 생활은 인터넷과 스마트폰을 중심으로 재편됐으며, 잠시도 스마트폰을 손에서 떼지 못하고 있습니다. 작은 스마트폰 속에 컴퓨터, TV, 다이어리, 카메라, MP3 플레이어 등 필요한 거의 모든 기능이 들어있고 산업구조 역시 바뀌었습니다. 대형 인터넷 쇼핑몰이 성업 중이며, 그에 따른 택배업이 발전하게 되었습니다. 은행 업무 또한 인터넷을 통해 수행함으로써 은행의 지점은 점점 그 수가 줄어들고 있다. 그러나 급속한 전산화와 인터넷화로 업무의 효율성은 강조된 반면 보안은 업무 효율성을 저해하는 요소로 인식되어 무시되거나 거의 투자하지 않았습니다. 개인정보 유출 사고가 여러 번 터진 후에야 법적인 규제가 생겨나기 시작했고 기업들은 마지못해 따르는 듯한 모양새를 보이고 있습니다. 사용자 역시 보안은 어렵고 귀찮은 분야로 생각해 관심을 갖지 않고 '무슨 일 생기겠어?'라는 안이한 생각을 갖고 있습니다. PC와 스마트폰을 통해 은행거래를 수행하면서 프로그램 업데이트도 하지 않고 백신조차 설치하지 않은 경우도 많습니다.

이런 취약점을 노리는 수많은 범죄가 발생하고 있으며 해킹, 랜섬웨어, 사생활 침해 등 보안 침해 사고가 매일 뉴스를 장식하고 있습니다. 2009년 7.7 DDoS가 대한민국을 발칵 뒤집어 놓았고 그로 인해 '정보보호의 날'이 제정되어 국민적 관심을 촉구하고 재발 방지 노력을 기울이고 있으나 여전히 부족한 부분도 있으며, 특히 정보보안 전문가의 부족 현상이 심화되고 있습니다.

이런 분위기 속에서 우리는 4차 산업혁명 시대로 진입했으며 사회는 초연결사회가 되어 가고 있고 정보보안의 중요성과 학생들의 관심 또한 늘어나고 있습니다. 필자도 이러한 학생들의 정보보안 분야에 대한 관심을 반영하듯 중학교, 고등학교에서 IT 정보보안에 대해 강연을 하고 있습니다. 그러나 정보보안 전문가가 되기 위한 진로설계 입문서는 많지 않은 편입니다. 필자는 이러한 어려움을 해결하는 데 도움이 되고자 이 책을 집필하게 되었습니다.

정보보안 전문가를 꿈꾸는 학생의 첫 입문서로 부담 없이 읽고 진학과 취업의 전체적인 흐름을 이해하는 데 도움이 되었으면 합니다. 마지막으로 책 집필에 집중할 수 있도록 도움을 준 아내와 딸에게 감사 말을 전하고 싶습니다.

PART 1
해커, 그리고 정보보안이 뭐예요?

1.1 해커가 뭐예요?

● 블랙해커, 화이트해커, 그레이해커

● 개인정보가 뭐예요?

1.2 정보보안이 뭔가요?

● 정보보안 3요소 - 기밀성, 무결성, 가용성

● 정보보안 3대 활동 - 기술적 활동, 물리적 활동, 관리적 활동

● 정보보안을 위협하는 요소와 정보자산 분류

1.1 해커가 뭐예요?

"해커가 정확히 뭐예요?"
"나쁜 해커, 좋은 해커가 있다고 하는데.
그건 어떻게 되는 거예요?"

학생들을 상대로 한 강연에서 많이 나오는 질문입니다. 그런데 요즘 언론매체를 통해서 자주 접하게 되는 해커에 대한 인식은 개인과 조직에 물질적, 금전적 피해를 입히는 나쁜 이미지로 비치고 있습니다. 그럼 지금부터 가장 질문이 많은 해커에 대해서 알아봅시다.

'해커'는 1950년대 말, 미국 매사추세츠공과대학(MIT. Massachusetts Institute of Technology)의 취미 동아리인 테크모델철도클럽(TMRC, Tech Model Railroad Club)의 활동에서 유래되었습니다.

철도의 신호기와 동력 시스템을 연구하던 클럽 학생들은 복잡한 계산을 위해 MIT에 처음 도입된 DEC의 미니컴퓨터 PDP−1(Programmed Data Processor−1)을 장시간 사용했죠. 당시 컴퓨터의 크기가 강의실 하나를 다 채울 만큼 컸고, 사용 후 오랜 휴식이 필요했는데요. 일부 학생들의 과도한 시스템 사용을 통제하려고 전산실을 폐쇄했습니다. 그러자 동아리 학생들은 컴퓨터실에 몰래 잠입해 컴퓨터를 사용하였으며, 보안을 뚫고 컴퓨터를 몰래 사용한다는 것 자체를 점점 즐기게 되었습니다.

당시 MIT에서는 이처럼 '작업과정 그 자체에서 느껴지는 순수한 즐거움 이외에는 어떠한 건설적인 목표도 갖지 않는 프로젝트나 그에 따른 결과물'을 지칭하는 은어로 '해크(hack)'라는 용어를 사용하였으며, 동아리 학생들은 여기에 사람을 뜻하는 '-er'을 붙여 해커라고 사용하였습니다.
해커들은 컴퓨터프로그램을 많이 개발하였으며 현재의 컴퓨터 문화를 이룩한 사람들이라고 할 수 있습니다.
'컴퓨터를 사랑하고 프로그래밍을 잘하는 사람'을 해커라고 지칭하면서 널리 사용되기 시작했습니다.
한국정보보호진흥원의 〈정보시스템 해킹 현황과 대응〉(1996)에 따르면 해커란 '컴퓨터 시스템 내부구조와 동작 따위에 심취하여 이를 알고자 노력하는 사람으로 대부분 뛰어난 컴퓨터 및 통신 실력을 가진 사람들'로 정의하고 있습니다.
우리가 알고 있는 국가 전산망을 위협하고 금융기관을 공격해서 돈을 뺏는 나쁜 이미지의 해커가 아니라 컴퓨터 시스템을 능통하게 다루는 전문가라는 의미로 시작되었다는 것을 알 수 있습니다.
애플컴퓨터를 만든 스티브 워즈니악(Steve Wozniak)과 스티브 잡스(Steve Jobs) 그리고 마이크로소프트를 창업한 빌 게이츠(Bill Gates)도 초기에는 해커로 활동하기도 하였습니다.
스티브 잡스와 빌 게이츠는 프로그래밍을 통해 인류 전체에게 유용한 SW개발과 편리한 IT 문화를 창조해낸 긍정적 영향을 끼친 해커로 평가받고 있습니다.

1950년대 말부터 해커의 등장을 알린 외국과 다르게 한국에서는 1996년 4월 카이스트(KAIST, Korea Advanced Institute of Science and Technology)와 포스텍(POSTECH, Pohang University of Science & Technology)이 벌였던 해킹 전쟁 사건으로 인해 해커라는 용어가 주목받기 시작했습니다. 당시 카이스트에는 '쿠스(KUS)', 포스텍에는 '플러스(PLUS)'라는 해킹 동아리가 존재했는데요. 카이스트의 전산시스템이 뚫리는 사건이 발생하자 쿠스 동아리는 당연히 포스텍의 소행이라고 여겨 포스텍 전기전자공학과 시스템에 무단 침입해 연구자료, 과제물은 물론 학사행정에 관한 전산 자료를 통째로 삭제해버리는 보복성 공격을 감행합니다. 젊은 학생들의 장난치고는 결과와 죄질이 좋지 않아서 수사기관의 조사가 이어졌고요. 그 결과, 2명의 학생이 구속되기도 했습니다.

이때 관련된 학생들을 국내 해커 1세대라고 부르며 이들은 지금 IT 기업 대표이사, 교수 등 여러 분야에서 국가발전에 앞장서고 후배를 가르치는 다양한 활동을 하고 있습니다. 또 카이스트와 포스텍은 '사이언스 워(Science War)'란 별칭으로 유명한 포카전(카포전)을 개최하고 있습니다. 정식 명칭은 '포스텍-카이스트(카이스트-포스텍) 학생대제전'으로 지난 2002년부터 포항공대(POSTECH)와 카이스트(KAIST) 캠퍼스에서 번갈아 가며 개최 되고 있습니다. 축구, 농구 등 운동 종목뿐 아니라 해킹, 인공지능(AI) 등 정보기술(IT) 분야에서 대결을 펼칩니다.

● 블랙해커, 화이트해커, 그레이해커

해커는 크게 세 가지 종류로 분류 됩니다. 표를 살펴 보겠습니다.

[해커의 종류]	
블랙해커 (Blackhat Hacker)	● 타인의 컴퓨터와 전산시스템에 무단으로 침입해 파괴와 마비 행위를 일삼고 개인정보 탈취, 금전적 이득을 취하는 사람들. ● 나쁜 사람, 범법자
화이트해커 (Whitehat Hacker)	● 해킹에 대한 순수연구와 학업을 통해 불안정한 정보보안 시스템을 발견하고 관리자에게 미리 알려줌으로써 블랙해커의 공격을 예방하거나 공격을 받고 있으면 발 빠르게 대처해 공격을 물리치는 수호자. ● 착한 사람
그레이해커 (Gray Hacker)	● 선과 악의 구분 없이 주어진 조건과 상황에 따라 돌변하는 해커. (예를 들어 낮 시간에는 정보보안 전문가로 회사에서 근무하고 밤에는 의뢰를 받아 경쟁회사의 정보를 탈취하는 블랙해커의 역할을 함.)

<검은 모자(Blackhat), 하얀 모자(Whitehat)로 구분하는 것은 흑백영화 시절, 서부 영화에서 정의로운 주인공은 흰색 모자를, 악당들은 검정색 모자를 쓴 데서 비롯되었습니다.>

해커를 선악을 기준으로 판단하는 것뿐만 아니라, 해킹 지식과 경험, 그리고 실력으로 등급을 매기고 있습니다.
유명 해커 출신의 길버트 아라베디언은 프로그래밍 능력, 네트워크 이해도, 시스템 취약점 분석 능력을 기준으로 해커를 5등급으로 구분했습니다.

1등급 (Elite)	● 해킹하고자 하는 시스템의 새로운 취약점을 찾아내고 해킹 할 수 있으며, 특히 자신의 해킹 흔적을 감추는 능력을 가지고 있음. ● 최고 수준의 해커로 정보보안 전문가들은 마법사 수준이라고 칭함.
2등급 (Semi Elite)	● 준프로 그룹으로 세미 엘리트라고 불리며, 해킹 코드를 직접 만들고 이미 세상에 존재하는 공격용 해킹 코드를 변형 할 줄도 암. ● 그러나 해킹 흔적을 남겨 결국 추적당함.
3등급 (Developed Kiddie)	● 디벨롭트 키디는 성장한 아이로 대부분의 해킹 기법을 알고 있음. ● 반복공격을 통해 새로운 취약점을 발견하거나 최근 발견된 취약점에 대해서 수정이 가능한 수준.
4등급 (Script Kiddie)	● 스크립트 키디는 '대본을 그대로 읽는 아이'로 네트워크나 운영체제에 관한 약간의 기술적 지식을 보유하고 있음. ● 널리 알려진 해킹 도구로 사용하는 해커로 가장 많은 사고를 치는 등급으로 윤리 의식을 갖추지 못하게 된다면 범죄자의 길로 접어들 수 있음.
5등급 (Lamer)	● 레이머는 해커가 되기를 열망하지만 경험도 없고 컴퓨터 관련 지식도 부족함. ● 기초적인 해킹 도구를 함부로 다운로드 받다 스스로 바이러스에 감염되기도 함.

그동안 우리가 알고 있던 해커라는 단어에 이토록 다양한 분류와 등급이 있다는 것에 놀라셨지요?
우리 사회와 국가에 필요한 해커는 당연히 '1등급 화이트해커' 입니다. 자신이 갖고 있는 전문지식과 기술로 사회에 보탬이 되는 것을 중요시하는 화이트해커야말로 IT 강국 대한민국에 꼭 필요한 존재이기 때문입니다. 여러분은 어떤 해커가 되고 싶습니까?

[나도 IT정보보안 전문가가 되고 싶다]라는 주제로 초등학교, 중학교에서 강의를 하면 많이 나오는 질문 중 하나가
"어떻게 하면 해커가 되나요?"입니다.
저의 대답은 "컴퓨터를 사랑하세요"입니다. 집에 있는 PC가 성능이 떨어졌다면 왜 속도가 느려지고 이것을 개선하려면 어떻게 해야 하는지, 책도 보고 구글링도 해보시기를 권해 드립니다.
해커는 컴퓨터 시스템과 프로그래밍 능력을 갖춘 사람입니다. 집에서 사용하는 PC를 어떻게 하면 최적화 시키고 성능을 높일지 공부 하는 것이 정보보안 전문가로 가는 첫 번째 길입니다.

● 개인정보가 뭐예요?

우리나라는 지난 10년간 개인정보가 유출되는 해킹사고가 끊이지 않고 발생하고 있습니다. 어느 정도 인지 확인해보겠습니다.

연도	회사명	유출된 개인정보 수
2008년	옥션	1,863만 명
2011년	넥슨 SK커뮤니케이션즈	1,230만 명 3,500만 명
2012년	KT EBS	870만 명 400만 명
2014년	신용카드 3개사	8,500만 명
2016년	인터파크	1,030만 명

표에 나타난 수치만 봐도 대한민국 인구를 훌쩍 넘습니다.
전기도 없이 산속에서 혼자 사는 사람이 아니고서야,
"난 한 번도 개인정보가 유출되지 않았어"라고 단언할 수 없는 현실에 우린 살아가고 있습니다.

그렇다면 개인정보란 무엇일까요? 개인정보는 살아 있는 특정한 개인을 식별 할 수 있는 정보를 뜻합니다. 다시 말해 '다른 사람과 나를 구분 지어 주는 정보' 입니다. 예를 들어, 주민번호, 이름, 전화번호, 이메일 등입니다. 살아 있는 개인을 고유하게 식별 할 수 있는 정보는 크게 두 가지로 분류 할 수 있습니다.

고유식별정보	예) 주민번호, 여권번호, 운전면허번호 등
민감정보	예) 사상과 신념, 정당의 가입과 탈퇴, 이동 경로, 병원치료 내역 등

개인정보는 하나의 정보만으로 개인을 식별할 수 있는 경우도 있지만 두 개 이상의 정보가 결합 돼 개인을 식별해 낼 수 있습니다. 예를 들어 홍길동이라는 이름 하나만으로는 전국에 동명이인이 많아서 개인을 식별하는 데 어려움이 생기지만, 홍길동과 010-XXXX-XXXX라는 전화번호 혹은 홍길동과 경기도 김포시 김포한강2로 XXX아파트 501호라는 주소가 결합되면 '특정한 홍길동'을 찾아낼 수 있습니다. 이처럼 개인정보는 두 개 이상의 정보가 모인다면 특정하고 유일한 개인을 식별해 낼 수 있고, 그걸 악용하면 사생활 침해는 물론이겠고요. 명의를 도용한 통장개설 등 2차, 3차 피해까지 입힐 수 있죠. 이러한 위협을 예방하려면 정보를 소중히 생각하고 철저히 보호하려는 사회적 인식개선도 중요하지만 무엇보다 실제 현장에서 정보탈취를 막아내는 수단과 방법으로써 정보보안이 필요합니다.

1.2 정보보안이 뭔가요?

"정보보안과 정보보호는 뭐가 다른 건가요? 쉽게 알려주세요."

얼마 전, 강연에서 한 학생에게 받은 질문입니다.

먼저 정보보안과 정보보호의 정의부터 살펴볼까요?
아래 표는 한국과 미국의 주요 기관에서 내린 정의입니다.

美 NIST (국립표준기술연구소)	'Information Security'란 정보 시스템에 대한 기밀성과 가용성, 무결성 유지와 같은 목적 달성을 위해 자동화된 정보 시스템에 적용되는 보호.
ISO (국제표준화기구) IEC 27000 (국제전기기술위원회)	'Information Security'란 정보의 기밀성, 무결성, 가용성을 보존하고 인증, 책임성, 부인방지, 신뢰성과 관계를 가지는 것.
韓 전자금융감독규정	정보보호 또는 정보보안이라 함은 컴퓨터 등 정보처리 능력을 가진 장치를 이용하여 수집, 가공, 저장, 검색, 송신, 수신 중 발생할 수 있는 정보의 훼손, 변조, 유출 등을 방지하기 위한 관리적, 기술적 수단을 마련하는 것을 말하며 사이버안전을 포함한다.
韓 정보화촉진기본법	정보보호라 함은 정보의 수집, 가공, 저장, 검색, 송신, 수신 중에 정보의 훼손, 변조, 유출 등을 방지하기 위한 관리적, 기술적 수단을 강구하는 것을 말한다.

IT(Information Technology)는 외국에서 들어온 기술입니다. IT를 도입하면서 'Information Security'의 개념도 같이 들어오게 되었는데 도입 당시 'Information Security'를 해석하는 과정에서 컴퓨터와 네트워크로 한정 짓는 정보보호라는 단어를 많이 사용했었고, 지금은 정보보호를 포함하는 확장된 의미의 정보보안이라는 단어로 해석하고 있습니다.
정리하자면 '정보보호'는 PC와 같은 정보통신장비 안에 담긴 정보를 해킹과 같은 위협으로부터 보호하는 행위이고 '정보보안'은 각종 위험으로부터 정보를 보호하고 안전한 상태로 유지하기 위한 활동입니다.

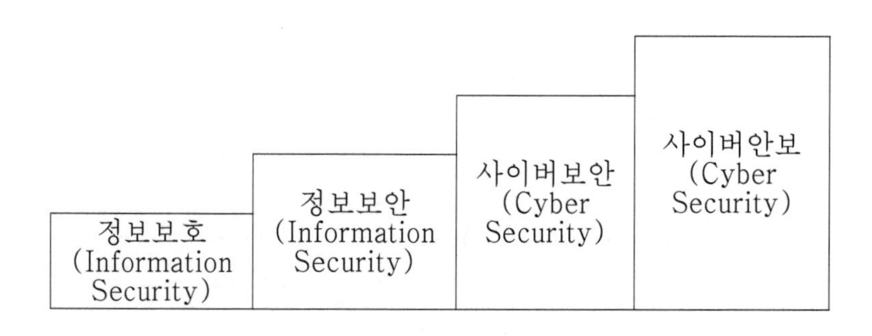

● 정보보안 3요소 - 기밀성, 무결성, 가용성

정보보안이 정보를 보호하고 안전한 상태로 유지하기 위한 활동이라면, 정보가 안전한 상태라는 것을 확인할 기준이 있어야 합니다.
이를 위해 사용되는 기준이 기밀성, 무결성, 가용성입니다. 이건 정보보안의 3요소인데요. 여기서 한 가지라도 훼손, 변조, 유출되었다면 정보는 완전한 안전에서, 결국 정보보안에 실패했다고 판단할 수 있습니다. 3대 요소를 알아보겠습니다.

[정보보안 3요소]	
기밀성 (Confidentiality)	인가(authorization)된 즉, 정당한 사용자만 정보 자산에 접근할 수 있는 것을 의미.
무결성 (Integrity)	원본 정보의 내용에 흠결이 있어서는 안되고 정보의 변경은 권한 있는 자에 의해서만 가능하다는 의미.
가용성 (Availability)	인가된 사용자가 필요한 시점에 정보에 접근해 사용할 수 있어야 하는 것을 의미.

이제 하나하나 알아보도록 하겠습니다.

첫 번째 기밀성입니다. 정당한 사용자만 정보 자산에 접근할 수 있는 것을 의미합니다. 2014년 7월 중국인 Su Bin은 상인으로 위장하여 미군 무기와 관련된 기밀을 절취하기 위해 방산업체(군사 무기 회사) 컴퓨터를 해킹하다가 검거되었습니다.

Su Bin이 탈취하려고 했던 정보는 F-22등 전략무기에 대한 정보였습니다. 미군 입장에서는 스텔스기(레이더에 발각되지 않는 비행기) 정보가 유출되는 것은 해당 무기의 취약점 등이 노출되는 것이기 때문에 향후 군사작전 운영에 있어 막대한 지장이 초래될 수 있는 부분입니다.
이와 같이 중요한 자료가 비인가자에게(정당하지 않은 사용자) 유출되는 것은 기밀성이 침해되었다고 합니다. 즉 정보를 중간에 탈취하거나 이용자의 승인을 받지 않고 획득한 정보를 악용하는 해킹 공격을 기밀성을 훼손하는 대표적인 행위라 합니다.
만약 주고받는 정보가 개인정보였다면 프라이버시 침해와 연관 지을 수 있습니다. 기밀성을 보호하기 위한 방법으로 인가받지 않은 사람이 접근할 수 없도록 하는 접근통제, 정보를 뺏겨도 알아볼 수 없도록 하는 암호화 등이 있습니다.

두 번째 무결성입니다. 원본 정보의 내용에 흠결이 있어서는 안 되고 정보의 변경은 권한 있는 자에 의해서만 가능합니다. 지폐를 예로 들어 보겠습니다. 지폐는 오직 정부(적절한 권한을 가진 사용자)만이 한국은행을 통해(인가된 방법으로만) 만들거나 바꿀 수 있고, 그렇지 않은 경우(무결성이 훼손될 경우)에는 위조지폐로 취급돼 법의 엄중한 처벌을 받습니다.
정보통신망을 통한 바이러스 감염에 의해 원본 정보가 훼손되거나. 파괴된다면 정보보안에 있어 무결성을 확보하지 못한 것입니다. 무결성을 보호하기 위해 우리는 전자금융거래 시 공인인증서나 OTP(One Time Password, 일회용 비밀번호)를 사용하고 있습니다.

세 번째는 가용성입니다. 인가된 사용자가 필요한 시점에, 정보를 접근해서 사용할 수 있어야 하는 것을 의미입니다. 일상에서 가용성을 상품화할 때가 종종 있는데요. 그 대표적인 경우가 24시간 편의점입니다. 24시간 편의점은 낮이든 밤이든 무엇인가 필요할 때 항상 얻을 수 있는 언제나 '가용' 할 수 있기 때문입니다.
가용성의 침해사례로 DDoS 공격을 받아, 웹 사이트가 마비되어 사용자가 원하는 시점에 접속을 못 하는 경우 가용성이 침해 되었다고 합니다. 만약 이 사이트가 은행, 증권사와 같이 돈을 다루는 업종이라면 무역이나 상거래를 하는 분들 입장에서는 가용성이 훼손되어 큰 불편함과 손해를 겪게 됩니다.

● **정보보안 3대 활동 - 기술적 활동, 물리적 활동, 관리적 활동**

정보보안 3대 요소가 있는 것처럼 정보보안을 달성하기 위한 3대 활동이 있습니다. 기술적 활동, 물리적 활동, 관리적 활동입니다. 이것을 또 다른 말로 대책이라고 부르기도 합니다. 1980년대 이전에는 컴퓨터와 서버에 저장된 정보를 보호하는 것이 정보보호의 전부로 여겨졌습니다. 하지만 지금 우리가 살고 있는 세상은 대용량의 정보를 수집하고 처리하는 4차 산업혁명 시대입니다.(*4차 산업혁명에 대해서는 3.1에서 설명하겠습니다.) 시대가 변하면 생각하는 방식도 변해야 합니다. 정보보안에서 다루는 영역이 과거 PC와 네트워크 수준을 넘어 인간이 생활하는 모든 공간과 활동영역에 중첩되어 가는 상황에서 컴퓨터공학에만 치우쳐 생각하게 된다면 기술적 활동만 강조되고 물리적, 관리적 활동이 소홀해질 수 있어, 이 부분을 설명하고자 합니다.

[정보보안 3대 활동]	
기술적 활동	● 정보를 보호하기 위해 보안이 강화된 소프트웨어나 시스템을 도입해 적용하는 것. 예) 방화벽 설치, 망 분리 작업, 백업, 암호화, 사용자 인증 등
물리적 활동	● 인가 받지 않은 사람의 접근 및 침입을 막고 화재, 지진 등 재해로부터 정보시스템과 시설, 장비를 안전하게 보호하고 신속히 복구하기 위한 물리적 대책을 마련하는 것. 예) 잠금장치, CCTV, 출입통제 등
관리적 활동	● 보안 강화를 위한 정책을 만들고 인적, 기술적, 물리적 측면에서 보안을 어떻게 관리할 것인가에 대한 절차를 마련하며, 보안위원회를 구성, 운영해 위험요소를 분석하고 감사하는 등의 관리적 절차를 의미. 예) 보안 강화 교육, 캠페인 등

예를 들어 보면 게임을 너무 많이 하는 아이를 위해 부모님이 PC에 최신 백신을 비롯한 보안프로그램을 설치해 바이러스 감염 등을 예방한다면 기술적 수단,

PC를 자녀방이 아닌 별도의 공간에 두고 사용시간을 통제하는 것은 물리적 수단,

지나친 사용으로 학업에 지장이 없도록 사용할 수 있는 시간과 원칙을 만들어 따르게 한다면 관리적 수단이 됩니다.

● 정보보안을 위협하는 요소와 정보자산 분류

이번에는 정보보안을 위협하는 요소와 정보자산에 대해서 알아보겠습니다. 먼저 정보보안 위협 분류입니다.

[정보보안 위협 요소]

<table>
<tr><th colspan="2">구분</th><th>내용</th></tr>
<tr><td colspan="2">환경적 위협</td><td>범람에 의한 침수, 지진으로 인한 붕괴, 화재 등 재해와 전력차단과 같은 관리자가 통제 불가능한 위협이 있으며 이는 화재경보기, 내진설계, 비상 발전기 등을 설치해 피해를 최소화 할 수 있습니다.</td></tr>
<tr><td rowspan="2">인위적 위협</td><td>의도적 위협</td><td>바이러스, 해킹, DDoS, 랜섬웨어 같은 인간이 의도를 갖고 접근해 발생시키는 위협입니다.</td></tr>
<tr><td>비의도적 위협</td><td>비밀번호 공유, 저장장치 외부반출, 자료백업 미실시 등 보안대책을 알고 있지만 게으름과 부주의 등으로 인해 발생하는 보안사고를 일컫습니다.</td></tr>
</table>

다음은 정보자산 분류입니다.

[정보자산 분류]	
데이터	전산화된 정보, 문서 파일, 데이터파일, DB 내 데이터 등
문서	종이로 된 정보, 보고서, 계약서, 매뉴얼, 각종 대장 등
소프트웨어	패키지SW, 시스템SW, 응용SW, 어플리케이션
서버	공용 자원을 갖고 여러 사용자에게 서비스를 제공하는 시스템
PC	공용 자원을 갖지 않고, 단일 사용자 기반으로 사용되는 PC
네트워크	네트워크 장비, 통신 회선 등
시설	건물, 사무실, DC 센터 등 물리적 시설
지원서비스	전력 공급, 환기 시설, 방재 시설 등 정보시스템운영 지원 시설
인력	소유자, 관리자, 사용자, 운영자, 개발자 등
매체	전산화된 정보를 저장하는 장치, USB, CD, 외장 하드 등

PART 2

공격자들의 정체와 공격기법을 알려주세요

2.1 공격자들의 정체

정보를 훔쳐가려는 공격자와 막으려는 방어자의 물러설 수 없는 전투를 '정보보안'이라고 할 수 있습니다. 누가 나를 노리고 있는지, 그 공격유형과 기술에는 어떠한 것이 있는지 이해하고 있다면 대응과 예방에 도움이 될 것입니다.

이번에는 정보보안을 위협하는 공격 주체에 대해 알아보겠습니다.

● 사이버범죄자(Cyber Criminals)

사이버공간(Cyber Space)에서 금융사기와 정보탈취 등으로 돈벌이를 시도하는 범죄자를 의미하고 공격자 중 가장 높은 비율을 차지합니다. 도박, 마약, 포르노 등 불법 거래 사이트를 운영하는 조직적인 범죄와 해킹 실력을 뽐내거나 이익을 추구하기 위해 공격을 시도하는 개인적인 범죄도 포함됩니다.
인터넷을 쓰다 보면 사이버범죄가 얼마나 자주 발생하는지 알 수 있습니다. 인터넷은 직접 보지 않고 대화를 하거나 거래를 하는 특징을 가지고 있습니다.
이를 비대면성(非對面性)이라고 하는데, 직접 보지 않으니 아무래도 범죄의 유혹이 많을 수밖에 없습니다. 인터넷에서 범죄가 자주 일어나는 것은 바로 이 때문입니다.
대표적인 사례를 몇 가지 알아보도록 하겠습니다.

1. 인터넷 앵벌이

인터넷에서 선량한 사람들을 속여 돈을 뜯어내는 범죄입니다. 사례를 소개해보겠습니다. 모 경찰서 사이버수사팀은 2007년 인터넷 채팅 사이트를 통해 2천여 명의 채팅자로부터 현금을 받아 챙긴 일당 11명을 사기 혐의로 검거했습니다.

이들은 조직적으로 업무를 분담하여 2004년 10월부터 인터넷 채팅사이트에서 여성 대화방을 이용해 "도와주세요, 가정폭력 피해 가출 소녀입니다"라는 허위의 쪽지를 상대방에게 발송하고 교통비 등으로 돈을 가로챘는데, 그 액수가 9천만 원이었습니다.

2. 전자상거래 사기

인터넷 전자상거래를 이용한 사기입니다. 온라인 쇼핑몰 거래가 통상 '선(先)결제'라는 특성을 악용한 것입니다. 시중보다 저렴하게 판매하는 것처럼 광고하고, 고객에게 선금을 받고 연락을 끊는 수법인데요. 피해자가 신분 확인이 어렵다는 점을 악용한 겁니다. 개인 간 물품 직거래, 게임 아이템 등의 거래에서 흔히 발생합니다. 아예 가짜 인터넷 쇼핑몰을 차려놓고 사기를 치기도 합니다.

3. 인터넷 명예훼손

인터넷 토론방 등에서 잠깐의 분노를 참지 못하는 등의 이유로 흔히 발생하는 사건입니다. 평소에 점잖은 사람들도 서로 얼굴을 보지 않는 인터넷상에서는 이성을 잃고 폭언을 하는 일이 자주 발생합니다. 그런데 이를 또 교묘하게 이용해 일부러 온라인 게임을 하면서 상대방을 자극해 상대방이 욕설을 하면 그 화면을 저장한 후 명예훼손으로 고소하겠다고 협박해 돈을 뜯어내는 범죄까지 생겼습니다.

● 사이버 스파이(Cyber Spy)

인터넷 등의 사이버공간에서 회사 정보를 빼내 다른 회사로 팔아넘기는 활동을 하는 사람을 '사이버 스파이'라고 하고 주로 산업 분야에서 많이 활동하고 있습니다.
사이버 스파이들에게 있어 고도의 스파이 기법이나 첨단장비는 필요하지 않습니다. 이들은 보통의 해커와는 약간 다릅니다.
해커가 정보를 변조 또는 파괴하는 데서 즐거움을 찾는다면 사이버 스파이는 산업정보를 흔적 없이 빼내 소속사나 의뢰사에 팔아넘긴다는 점에서 다르다고 할 수 있습니다.
1985년 독일의 '데이터 여행자 사건'이 사이버 산업스파이의 첫 예입니다. 마르쿠스헤스 등 해커 5명이 유럽우주기구(ESA), 미국항공우주국(NASA)과 버지니아주 군수 산업체, 일본 쓰쿠바연구소 등에서 4년여간 산업 과학정보를 빼내 구소련 KGB에 팔아넘겼습니다.
2016년 4월 북한에 의해 방위산업체 D사가 해킹을 당해 이지스함, 잠수함 등 군함에 대한 설계도, 전투체계, 무기체계 등에 관한 자료를 탈취 당해 국가방위력에도 영향을 주었습니다.
19세기 초 방직기 기술을 보유한 영국이 다른 나라로 방직기 기술이 유출되는 것을 막기 위한 다양한 노력을 기울였으나 미국이 기술을 빼내 산업국가로 발돋움 한 사례 등 역사 속에서도 찾아볼 수 있습니다.
국가정보를 노리는 스파이 활동을 잡아내는 것도 중요하지만, 산업계를 대상으로 공격을 퍼붓는 사이버 스파이의 움직임에도 철저히 대비를 해야 합니다.

● 핵티비스트(hacktivist)

해커(hacker)와 행동주의자(activist)의 합성어로 인터넷을 통한 컴퓨터해킹을 투쟁 수단으로 사용하는 새로운 형태의 행동주의자들을 말합니다.
이들은 피켓을 들고 거리에서 구호를 외치거나 전단을 나눠주는 고전적인 투쟁방법 대신 가상공간을 무대로 삼아 활동합니다.
예를 들어 동티모르의 독립이 국제적 이슈로 떠오른 지난 1999년 당시 동티모르를 지배했던 인도네시아 40여 개 주의 컴퓨터를 해킹한 네티즌들은 대표적인 핵티비스트입니다. 이들은 인도네시아 정부의 홈페이지에 '동티모르 해방'이라고 써놓는 등. 동티모르 해방의 당위성을 사이버 세상에 널리 알렸습니다.
북대서양조약기구(NATO)의 유고 공습 과정에서 유고가 나토를 상대로 사이버 시위를 벌인 것도 핵티비스트들입니다. 유고의 컴퓨터 전문가들은 나토의 공습에 항의, 시간당 2천5백 건의
e-메일을 나토의 웹사이트에 보내 시스템을 다운시켰습니다.
대표적인 핵티비스트 단체로는 어나니머스(Anonymous)와 룰즈섹(Lulz Sec)이 있습니다. 어나니머스는 2003년부터 활동을 시작했으며 저작권 독점과 인터넷 규제 반대, 마약과 아동포르노거래 조직에 대한 해킹공격, 이슬람 극단주의 무장세력 IS와 북한등 세계평화에 위협이 되는 세력에 대한 중요정보 탈취와 신상 공개 등 그들이 추구하는 메시지를 실현시키기 위한 다양한 활동을 지속하고 있습니다.

특히 2011년 아랍 민주화 운동이 거세지자 아랍 시위대에 대한 지지 선언과 이집트, 튀니지 등 독재국가 정부 사이트에 대한 디도스, 디페이스 공격을 펼치는 등 지원 활동을 벌여 그 해에 미국타임지에 '세계에서 가장 중요한 100인 중 하나'로 소개돼 화제가 되기도 했습니다.

● 사이버 내부자(Cyber Insider)

2016년 IBM의 조사에 따르면 모든 데이터 유출의 60%가 내부자로 인해 발생했다고 하며, 그 가운데 75%는 악의적으로, 25%는 실수라는 결과를 발표 했다.
내부자 위협은 인터넷이 연결되지 않은 상태에서도 시스템에 대한 치명적인 공격과 데이터 유출을 할 수 있어 긴장을 늦추지 말아야 합니다. 몇 가지 사례를 살펴보겠습니다.

1. 미래를 훔치다.

앤써니 레반도스키의 이야기는 어쩌면 아직도 진행형인지 모릅니다. 어쨌든 그의 이야기는 (그리고 무인 자동차의 탄생은) 내부자의 데이터 유출과 깊은 관련이 있음은 틀림없습니다. 레반도스키는 원래 구글의 무인 자동차 사업부 직원이었습니다.
오늘날 이 사업부는 웨이모(Waymo)로 바뀌었습니다. 그곳에서 그는 당시 신기술이었던 라이더 개발에 참여했고,
이 기술은 인공지능 자동차 개발에 핵심적인 기술이었습니다. 2016년 5월 레반도스키는 구글을 떠나 오토 모터스(Otto Motors)를 창립했고 그 뒤 얼마 지나지 않은 2016년 7월, 우버가 오토 모터스를 인수했습니다.
이 이야기의 백미는 바로 이 인수 과정에 있습니다. 구글측

의 주장에 따르면 당시 우버의 CEO였던 트레비스 칼라닉은 레반도스키를 이용해 웨이모의 지적 재산을 훔치고, 이를 통해 자체적인 무인 자동차 프로그램을 만들려 했습니다.
구글에 따르면 레반도스키는 구글을 떠나기 전 무인 자동차 프로젝트의 청사진을 포함한 수천 건의 파일을 다운로드 하였으며 이들을 모두 오토로 유출하여 우버에 팔아넘겼다고 합니다. 구글은 이에 대해 아주 거창한 소송 절차를 진행하였고 2018년 2월 웨이모와 우버는 마침내 소송에 합의했습니다.
현재 우버 CEO인 다라 코스로샤히는 공개적으로 우버의 이러한 과거 행적에 대해 사과했으며 앞으로는 "기업의 모든 의사 결정에서 진정성을 가장 중요하게 여기겠다"고 약속했습니다. 합의내용으로 우버는 웨이모에 지분의 0.34%(약 미화 2억 4,500만 달러)를 양도하기로 하였습니다.

2. 조국과 자신을 위하여 기업을 팔다.

지아캉 수의 사례는 기업 내부의 신뢰 받는 위치에 있는 직원이 변절할 경우 얼마나 피해를 줄 수 있는가를 여실히 보여주는 사건입니다.
중국 국적의 수는 IBM에서 클러스터 파일 시스템 소스 코드를 개발하는 직원이었습니다. 튼튼한 방화벽 너머에서 철저하게 보호되는 이 소프트웨어 개발에 참여할 수 있는 직원은 IBM 내부에서도 소수에 불과했으며, 수는 그들 중 하나였습니다.
수는 우선 IBM에 입사해 신뢰를 쌓은 뒤 IBM 소프트웨어의 복사본을 만들고는 직장을 그만두었습니다. 그리고 이 복사본을 조국과 자신의 영리적 이득을 위해 팔아넘겼습니다. FBI는 함정 수사를 통해 이를 밝혀냈는데 수는 위장한 FBI 요원들을 만나 소프트웨어를 복사한 자신만의 소프트웨어 버전을 넘겨주려고 했으며, 이 복사본에는 이것이 IBM이 제작하고 소유한 소프트웨어 원본의 복제판임을 증명해 주는 소스 코드까지 들어있었습니다. 그는 원한다면 자신이 (FBI 요원들을 위해) 코드를 수정해 줄 수 있다고까지 제안했습니다. 그는 이 만남 직후 체포되었고 법무부가 제기한 모든 혐의에 대해 유죄를 인정하고, 5년의 실형을 선고받았습니다.

3. 경쟁사에서 데이터 유출을 노리고 내부 직원에게 접근한 사례.

디얀 카라바시빅이 청정에너지 업체 AMSC를 떠나 중국의 풍력 발전용 터빈 제작사인 시노벨(Sinovel)에 가담한 것은 겉보기에는 그저 단순한 이직 같았지만 사실 물밑으로는 그보다 훨씬 복잡한 작업이 바쁘게 진행되고 있었습니다. AMSC에서 카라바시빅은 윈드텍(Windtec)의 자동화 엔지니어링 사업부 담당자로서 AMSC의 풍력 발전기 효율성 증진 테크놀로지 관련 정보에 손쉽게 접근 할 수 있었습니다.

카라바시빅은 단순히 시노벨에서 더 나은 조건의 이직 제안을 받았던 것이 아니라 애초에 시노벨이 채용해 잠입시킨 산업스파이였습니다. 시노벨은 AMSC의 가장 큰 고객사 중 하나였는데 카라바시빅을 통해 AMSC의 소프트웨어를 빼돌리려고 했으며 카라바시빅은 AMSC를 떠나기 전, 몰래 개인 컴퓨터에 문제의 코드를 다운로드 받았습니다.
코드를 손에 넣은 시노벨은 기존의 풍력 발전기를 개조해 가격을무려 800달러나 낮출 수 있었으며, 이러한 지적 재산권의 절도 사실은 풍력 발전기 개조를 의뢰받은 한 공급 업체가 의심하면서 밝혀졌습니다. AMSC가 입은 손해는 막대했습니다. 법정에 제시된 증거에 의하면 AMSC는 주식 가치만으로 10억 달러 이상의 손해를 봤으며 자사의 글로벌 인력 절반이 넘는 700개의 일자리를 손해 봤습니다.

법무부 보좌관은 “시노벨이 이 미국 업체의 지적 재산권을 훔쳐 이 회사를 거의 파국으로 몰아갔다”고 성명을 통해 밝혔습니다.

4. 하청 업체의 취약한 시스템을 노린 사례.

때로는 네트워크에 침입하는 내부자가 사실은 내부자도 침입하는 장본인도 아닐 수 있습니다. 2014년 악명 높았던 대규모 타깃(Target)의 데이터 유출 사건이 이를 잘 보여 주고 있습니다. 이 사건에서는 무려 7,000만 명의 이름, 주소, 전화번호, 이메일 주소, 그리고 신용카드 정보가 유출됐었습니다. 이 사건에서 해커들은 타깃의 POS 디바이스에 메모리 스크래퍼(memory scraper)를 설치했습니다. 그러나 이들이 기능하기 위해서는 일단 타깃의 네트워크에 접속하여 데이터를 훔쳐야만 했는데, 이를 위해 해커들은 내부 정보가 필요했고 좀 더 약한 시스템에 침투함으로써 이러한 정보를 얻었습니다. 이들이 타깃으로 노린 시스템은 타깃의 냉장 기술 하청 업체인 파지오 메카니컬(Fazio Mechanical)이었습니다. 파지오의 직원 중 한 명이 피싱에 속아 기업 네트워크에 시타델 멀웨어(Citadel Malware)를 설치했고 파지오의 직원들 중 누군가가 타깃 네트워크에 접속한 순간 시타델은 이 로그인 정보를 훔쳐 이를 해커들에게 전송했습니다. 이렇게 타깃 내부로 경로를 확보한 해커들은 타깃의 네트워크를 마음껏 유린하였고, 그 결과는 우리가 모두 알고 있는 처참한 데이터 유출 참사로 나타났습니다.

● 사이버 워리어(Cyber warrior)

국가 간에 발생하는 사이버 전쟁에 참여하는 전사(戰士)로 공격기술을 무기 삼아 상대국가의 정보 지휘체계나 사회기반시설을 마비 또는 파괴시키는 공격을 시도해, 사회 혼란과 갈등을 유발합니다.

정규군으로 구성된 각국의 사이버사령부처럼 국가기관인 경우가 많지만 국가에 대한 충성심만으로 가담하는 일반인들도 많습니다. 군대나 정보기관에 소속되어 있는 만큼 강력한 공격능력과 전쟁 경험을 갖고 있으며 사이버공간에서 시작한 전쟁이 현실 공간으로까지 확대되는 것을 원치 않기 때문에 치밀한 계획을 수립하는 것은 물론 공격의 흔적을 남기지 않는 프로다운 전문성을 갖고 있는 것이 특징입니다.

● 국가지원 해커(Nationalist Hackers)

국가의 지원을 받는 해커 그룹을 의미합니다. 국가기관에 소속되어 있지는 않지만 국가를 위해, 국가가 목표하는 것을 달성할 수 있도록 해킹 활동을 직접적으로 지원합니다. 어느 국가도 공식적으로 해커 그룹을 지원하고 있다고 밝히고 있지는 않지만 비공식적으로 국가의 의도와 목적에 맞게 움직이고 있는 만큼 활동에 따른 불이익이나 처벌을 받지 않습니다. 전 세계적으로 발생하는 규모가 큰 사이버 사건들은 국가지원을 받는 해커 그룹이 주도하고 있는 것으로 추정되고 있습니다. 국가의 명령에 따라 임무를 수행하기 때문에 체계적이고 조직적인 공격을 펼쳐 성공률이 높고 공격대상이 다른 국가의 중요기관인 경우가 많아 상대국가의 시스템 환경과 취약점을 꾸준히 파악하고 긴 공격 준비와 집중적인 노력을 필요로 하는 APT(Advanced Persistent Threat) 공격을 주로 수행합니다.

대표적인 국가지원 해커 그룹으로는 북한의 지원을 받고 있는 것으로 알려진 라자루스(Lazarus), 중국의 지원을 받고 있는 것으로 알려진 코멘트 크루(Comment Crew) 등이 있습니다.

[국가지원을 받는 것으로 추정되는 해커 그룹]		
북한	라자루스 (Lazarus)	● 2017년 5월 전 세계를 공격한 워너크라이 랜섬웨어 공격의 근원. ● 2016년 방글라데시 중앙은행 8,100만 달러 탈취 사건. ● 2014년 소니픽쳐스 해킹 사건.
중국	코멘트 크루 (Comment Crew)	● 2009년 오퍼레이션 오로라 작전 의혹. ● 주로 미 구글 대상으로 산업스파이 행위를 지속하는 것으로 추정.
러시아	팬시 베어 (Fancy Bear)	● 2016년 미국 대통령 선거 개입 의혹.
미국	이퀘이션 (Equation)	● 미국 국가안보국(NSA)의 지원을 받는 것으로 추정. ● 이란 핵 개발을 저지시킨 스턱스넷 개발 의혹.

● 사이버 용병(Cyber Mercenaries)

용병은 어떤 대가를 받고 그들을 고용한 국가의 전투에 투입되어 싸우는 사람을 의미하는데 사이버 용병도 마찬가지입니다. 사이버 용병은 기술이란 점에서 보면 해커와 비슷할지 몰라도 동기는전혀 순수하지 않습니다. 사이버 용병은 돈만 주면 컴퓨터에 대한 전문지식과 노하우를 파는 직업적 해커로 주로 동유럽이나 제3세계 출신의 컴퓨터전문가들이 경제적인 곤궁을 벗어나기 위해 사이버 용병의 길을 선택한다고 합니다. 서방의 컴퓨터전문가들도 불황기에 일자리를 찾지 못하면 사이버 용병이 되긴 마찬가지입니다. 경제적으로 어렵지 않더라도 돈에 대한 탐욕 때문에 사이버 용병이 되는 해커도 있습니다.
국가가 양성하는 사이버 군인도 있습니다. 국가가 정치경제적 목표를 달성하기 위해 컴퓨터 전문가들을 조직적으로 양성하는 것으로 특히 중국과 인도와 같은 제3세계 국가들은 가상공간과 사이버 전쟁의 영역에서 서방 선진국들을 압도하겠다는 의욕을 보이고 있으며. 가상공간의 해킹이 전쟁수준에 도달했다 해도 과언이 아닙니다.
미국도 사이버군인 육성에 상당히 적극적입니다. 국가안전국(NSA; National Security Agency)은 컴퓨터전문가 1천 명을 선발해 사이버 군인으로 훈련 중이라는 자료도 있습니다. 미국은 1990년 걸프전 때 정보통신기기를 전쟁 무기로 사용한 결과 상당한 효과가 있다고 판단하고 이 분야를 전략적으로 육성해왔습니다. 1992년에는 정보전(Information Warfare)이란 용어를 공식적으로 사용했습니다. 러시아나 중국도 걸프전 때 미국이 거둔 성과를 보고 정보전에 대한 대비를 하고 있는 것으로 알려지고 있습니다. 그러나 가상공간에서의 전쟁은 총과 대포를 이용한 전쟁과는 달리 일상적인 형태로 발생하고 있으며 테러가 전면전쟁을 보완하는 수단으로 이용되듯 사이버 전쟁은 주로 사이버테러의 형태로 일어나고 있습니다. 영국 언론은 미국 정부가 사이버 전쟁에 대비해 해킹을 적극적으로 무기화하고 있다고 보도했으며 적의 군사 및 정보 전산망이나 기간통신망뿐 아니라 발전소나 공항 항만 등의 사회기반시설을 컴퓨터 해킹으로 파괴하는 컴퓨터해킹 공격부대를 극비리에 훈련 시키고 있다고 덧붙였습니다. 중요한 연구개발 성과가 담긴 데이터베이스 역시 해킹대상으로 총과 대포 대신 컴퓨터의 키보드를 두드리는 사이버 전쟁 시대가 온 것입니다.

2.2 공격기술

지금부터는 공격자들이 주로 사용하는 공격기술에 대해서 설명하겠습니다. 사용되는 용어가 컴퓨터공학적 개념이 많이 들어가 있어 낯설고 거부감이 들 수 있기 때문에 매스컴에 많이 거론된 공격기술을 소개하도록 하겠습니다.

● 디도스 (DDos: Distributed Denial of Service, 분산 서비스 거부 공격)

먼저 서비스 거부 공격은 무엇을 의미하는지 예시로 쉽게 알아보겠습니다. 동네 맛집이 있습니다. 그 맛집에 방문하는 손님들이 있죠. 우리는 이 맛집을 서버, 손님을 클라이언트라고 합니다.
그 맛집은 유명하니 많은 사람들이 줄을 서서 방문할 것입니다. 새로 오는 손님은 줄을 서서 기다리겠죠? 다시 서버로 비유하면 이 상황은 서버에 클라이언트 접속량이 폭주해 서버접속이 원활하지 않는 상황과 동일합니다. 그런데 옆의 식당에서 고의적으로 많은 사람들을 들여보내게 되면 줄 서 있는 사람은 더 오랫동안 줄을 서야 하게 합니다.
이것은 디도스 공격과 동일한 상황입니다. 서버에 비정상적인 접속자를 무작위로 들여보내 정상 접속자가 서비스를 이용하지 못하도록 만드는 공격 행위입니다.

위에서 알아본 것은 분산 서비스 거부 공격이 아닌 서비스 거부 공격입니다. 하지만 분산 서비스 거부 공격과 큰 차이는 없습니다. 서비스 거부 공격을 여러 명이 나눠서 진행한다는 의미입니다.

"백지장도 맞들면 낫다"라는 말이 있듯 서비스 거부 공격도 여러 명이 함께하면 더 수월할 것입니다. 이러한 점을 이용해, 서비스거부 공격을 여러 명이 동시에 진행하는 것이 분산 서비스 거부 공격, 즉 DDoS입니다.

DDoS가 얼마나 위험한지는 직접 받아보신 적이 없다면 크게 체감하기 어렵습니다. 하지만 우리 주변에서 DDoS공격으로 그 위험성을 체감할 수 있습니다.

온라인 게임을 하고 있는 상황에서 갑작스럽게 게임 서버에 디도스 공격이 발생해 서버가 다운되며 게임 중이던 모든 방에서 나가지는 상황이죠. 게임이 잘 진행되고 있다가, 게임에 튕겨나가면 기분이 좋지 않겠죠?

DDos에는 다양한 공격유형이 있습니다. 그러나 여기서 다 아실필요는 없습니다. '이렇게 많이 있구나' 정도만 아시면 됩니다.

1. TCP Flood 공격

TCP에서 SYN이라는 데이터가 있습니다. SYN은 TCP의 머리 부분으로 TCP 프로토콜을 통해 전송되는 데이터의 핵심 내용을 담고 있습니다. 공격자 좀비를 이용해, 디도스 공격을 발생시켜 서버에 비정상적인 TCP SYN 데이터를 계속해서 보내게 되면 서버는 비정상적인 데이터를 처리하는 동안 정상적인 접속자는 접속이 느려지거나, 접속되지 않는 일이 벌어집니다.

이 공격유형은 TCP 프로토콜의 특징인 보낸 데이터를 한번 검증한다는 점을 이용한 공격입니다. 실제로 이 공격을 받게 되면 CPU 사용량이 급증하게 되며 서버가 먹통이 될 수 있습니다.

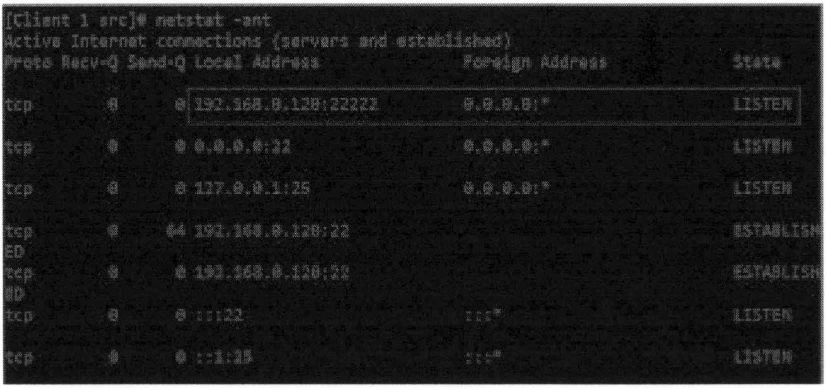

```
[Client 1 src]# netstat -ant
Active Internet connections (servers and established)
Proto Recv-Q Send-Q Local Address               Foreign Address             State
tcp        0      0 192.168.0.128:22222         0.0.0.0:*                   LISTEN
tcp        0      0 0.0.0.0:22                  0.0.0.0:*                   LISTEN
tcp        0      0 127.0.0.1:25                0.0.0.0:*                   LISTEN
tcp        0     64 192.168.0.128:22                                        ESTABLISH
ED
tcp        0      0 192.168.0.128:22                                        ESTABLISH
ED
tcp        0      0 :::22                       :::*                        LISTEN
tcp        0      0 ::1:25                      :::*                        LISTEN
```

2. UDP Flood 공격

TCP와 달리 UDP는 전송 속도가 빠르다는 점을 이용한 공격입니다. 공격자가 공격을 명령하면 좀비 PC가 좀비 PC에 연결된 인터넷을 통해 대량의 데이터를 동시에 보내는 것입니다.
이렇게 되면 결국 서버는 많은 데이터를 인터넷으로 받아들이지 못하고 정상적으로 접속하는 접속자가 느려지거나, 접속되지 않는 일이 벌어집니다. 쉽게 생각해서 인터넷 회선도 물이 지나가는 호스처럼 한 번에 지나갈 수 있는 양이 정해져 있다는 뜻입니다.
이 한계를 넘기면 서버에 접속되지 않는 일이 일어나는 것입니다. 그 밖에도 Ping 공격, ICMP Flood 공격 등 다양한 공격 유형이 많지만 위의 두 가지가 가장 많이 일어나는 디도스 공격 유형입니다. 공격 유형은 굉장히 많아 이곳에 내용을 모두 적기는 다소 어려워 많이 발생하는 유형만 적었습니다.
우리나라에도 7.7 디도스 사태 등 크고 작은 사태가 많습니다. 실제로 디도스 사태로 은행 업무가 마비되거나 대형 게임사, 심지어 통신사나 여러 대형 커뮤니티까지 사례가 다양합니다.
글로벌 보안업체 카스퍼스키랩의 '봇넷 디도스 보고서'를 보면 2017년 2분기에 전 세계적으로 디도스 공격을 가장 많이 받은 국가 2위에 대한민국이 지목되기도 했으며. 2017년 초, 중국 해커집단이 중국에 진출해 있는 L사의 웹사이트 수십여 곳을 공격해 3시간 이상 시스템을 마비시킨 사례가 있었습니다. 자동화된 대규모 디도스 공격을 일으키는 주범으로 봇넷(Bot-Net)이 있습니다. 봇(Bot)은 로봇(Robot)의 줄임 말로 악성코드에 감염된 IT기기이고, 감염된 기기를 우리는 흔히 좀비 PC라고 합니다. 넷(Net)은 네트워크입니다. 정리하자면 감염된 기기(봇)가 모여 조직화된 네트워크(넷)를 구성하고 있다는 의미입니다.

봇넷은 수만, 수십만 대의 감염된 IT 기기를 공격자가 마음껏 활용해 디도스 공격을 감행하거나 스팸메일을 발송하고 각 기기마다 담겨있는 개인정보, 금융정보를 활용한 절도행위를 하는 등 다양하게 활용됩니다. 봇넷으로 다른 사용자의 기기에 대규모 공격을 펼쳐 봇넷의 규모를 확장해 갈 수도 있습니다.

● 피싱(Phishing)

개인정보(Private data)와 낚시(Fishing)의 합성어입니다. 피싱(Phishing)은 개인의 중요한 정보를 부정하게 얻으려는 공격 시도인데요. 개인정보를 낚으려는(fishing) 의도가 반영되어 있는 단어에서도 알 수 있듯 일반적으로 피싱 공격자는 전자메일이나 메신저와 같은 전달 수단을 통해 신뢰할 수 있는 사람 또는 기업이 보낸 것처럼 가장된 메시지를 공격대상자에게 보냅니다.

이를 통해 미리 공격자가 만들어놓은 위장된 사이트로 들어온 대상자의 주민등록번호, 비밀번호, 금융정보와 같은 기밀이 요구되는 개인정보를 얻으려고 합니다.

메일 및 메신저와 같은 웹 기술을 이용하는 피싱은 기존의 전통적인 방식의 사기와는 달라 이에 대한 기술적 대응이 필요합니다. 최근에는 DNS 하이재킹 등을 이용해 사용자를 위장, 웹사이트로 유인하여 개인정보를 절도하는 피싱의 진화된 형태인 파밍(Pharming)도 출현하고 있습니다.

● 스피어피싱(Spear Phishing)

불특정 다수의 개인정보를 빼내는 피싱(phishing)과 달리 특정인의 정보를 캐내기 위한 피싱 공격을 뜻합니다. 열대지방 어민이 하는 작살낚시(spearfishing)에 빗댄 표현인데요.
허가받지 않은 사용자가 기밀 데이터에 접근하여 정보를 탈취하는 것을 목적으로 합니다. 스피어피싱은 일반적인 해커들에 의해 무작위적으로 이루어지기보다는 금전적 목적이나 무역기밀 및 군사적 정보를 노리는 목적을 가지고 수행됩니다. 스피어피싱은 수신자와 참조자를 여러 명 포함하며 주로 수신자에게 익숙하고 믿을만한 송신자 혹은 지인으로부터의 메일 형태로 조작되어 있고 수신자들이 최대한 신뢰할 수 있는 표현을 사용합니다. 주로 웹에 존재하는 사용자의 정보를 악용해 수신자의 친구나 물건을 구입한 온라인 쇼핑몰의 계정으로 가장해 메일을 보내며 수신자의 개인 정보를 요청하거나 정상적인 문서 파일로 위장한 악성코드를 실행하도록 합니다. 특정 기관과 특정인을 노린다는 표적성, 고객에게 쓰이는 메일의 구성이 정상 메일로 보일 만큼 치밀하게 설계되어 있다는 정교성이 특징입니다.

● 스미싱(Smishing)

문자메시지(SMS)와 피싱(Phishing)의 합성어로
'무료쿠폰 제공', '돌잔치 초대장', '모바일 청첩장' 등을 내용으로 하는 문자메시지에 표시된 인터넷주소를 클릭하면 악성코드가 스마트폰에 설치되어 피해자가 모르는 사이에 소액결제 피해 발생 또는 개인·금융정보를 탈취합니다.
스미싱에 이용된 변종 악성코드는 소액결제 인증번호를 가로채는 것에 그치지 않고, 최근에는 피해자 스마트폰에 저장된 주소록 연락처, 사진(주민등록증·보안카드 사본), 공인인증서, 개인정보까지도 탈취하고 있습니다.

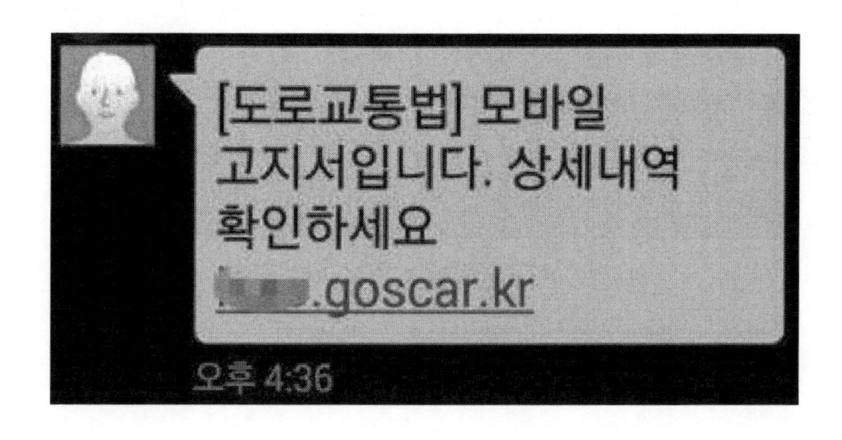

● 파밍(Pharming)

피싱(Fishing)과 조작(Farming)의 합성어 입니다.
악성코드로 PC를 감염시켜 정상적인 금융기관 사이트에 악성코드로 PC를 감염시켜 정상적인 금융기관 사이트에 접속하려고 주소를 입력해도 공격자가 만들어 놓은 가짜 금융기관 사이트로 연결시켜 개인정보와 금전을 탈취하는 기법입니다. 사용자는 정상주소를 입력했기 때문에 감염 사실을 인식하지 못하고 아무런 의심 없이 ID와 보안카드 번호를 입력하게 됩니다.
2013년 강원 원주경찰서는 인터넷 가짜 은행사이트를 통해 불법으로 개인정보를 획득하는 이른바 파밍 수법으로 22억 원의 예금을 빼돌린 인출책 등 사기단 11명을 검거했습니다. 또 2017년 11월에는 서울시 경찰청 사이버안전과에서 파밍으로 획득한 개인정보를 이용해 10억 원 상당을 부정 결제한 일당을 검거하기도 했습니다.

● 랜섬웨어(Ransomware)

랜섬웨어는 '몸값'(Ransom)과 '소프트웨어'(Software)의 합성어입니다. 시스템을 잠그거나 데이터를 암호화해 사용할 수 없도록 만든 뒤 이를 인질로 금전을 요구하는 악성프로그램을 일컫습니다. 2005년부터 본격적으로 알려지기 시작해 2013년 들어 전 세계적으로 급증하고 있습니다. 랜섬웨어 공격을 받은 공공기관, 기업, 개인 PC 등이 매년 늘어나는 추세입니다. 이스트소프트가 발표한 '2016년 랜섬웨어 동향 결산'에 따르면, 지난 2016년 1월부터 12월까지 '알약'을 통해 사전 차단된 랜섬웨어 공격은 총 397만 4,658건으로 나타났습니다. 랜섬웨어 공격은 해마다 과격해지고 위험해지면서 보안 위협도 덩달아 높아졌습니다.

랜섬웨어는 이메일, 웹사이트, P2P 사이트 등을 통해 주로 퍼집니다. 사용자 눈에 띄는 게 아니라 파일 또는 오피스 문서 파일에 숨어 빈틈을 노립니다. PC만 랜섬웨어에 감염되는 것은 아닙니다. 최근 랜섬웨어는 영역을 확장해 안드로이드스마트폰 데이터까지 위협하고 있습니다. 특히 '신뢰할 수 없는 사이트'를 통해 랜섬웨어가 퍼지는 경우가 많습니다. 이 경우 단순히 홈페이지를 방문만 해도 랜섬웨어에 감염됩니다. 일명 '드라이브 바이 다운로드(Drive by Download)' 기법을 이용해서입니다. '드라이브 바이 다운로드'는 공격자가 해당 웹사이트에서 보안이 취약한 점을 노려 악성코드를 숨기고 이 악성코드를 사용자가 자신도 모르게 내려받아 실행해 감염되는 방식입니다.

이메일도 안심할 수 없습니다. 출처가 불분명한 이메일, 첨부파일, 메일 웹주소(URL)를 통해 사용자 PC를 감염시키기도 합니다다. 사용자가 이메일을 열어보도록 유도하기 위해 마치 아는 사람인 것처럼 알아야 하는 정보인 것처럼 제목을 달아 속이기도 합니다.
파일 공유 서비스 '토렌트(Torrent)'나 웹하드 등 P2P 사이트를 통해 동영상 등의 파일을 주고받을 때도 랜섬웨어에 감염될 가능성이 높습니다. 최근에는 페이스북이나 링크드인 같은 사회관계망 서비스(SNS)를 이용해 사용자 PC를 감염시키는 경우가 있습니다. 해당 SNS에 올라온 단축 URL이나 사진을 이용해 랜섬웨어를 유포하는 식입니다.
현재 창궐하고 있는 랜섬웨어는 50종이 넘습니다. 랜섬웨어 유포 방식도 이메일, 메신저, SNS 등 다양합니다. 모든 랜섬웨어로부터 완벽하게 컴퓨터를 지킬 수 있는 방법은 없습니다. 철저한 예방만이 내 PC와 데이터를 지킬 수 있습니다.
경찰청 사이버안전국에 따르면 중요한 자료와 업무용 파일은 PC와 분리된 저장소에 정기적으로 백업 또는 클라우드 서버에 업로드해야 합니다. 이메일에 첨부된 파일은 지인이 보냈거나 단순 문서 파일이어도 섣불리 실행하지 않는 것이 좋습니다.
특히 요청한 자료가 아니면 유선 등으로 발신자와 확인 후 실행해야 한다. 메신저나 문자메시지에 첨부된 링크를 무심코 누르거나 토렌트 등을 통해 내려 받은 파일을 역시 주의해야 합니다.

백신 소프트웨어를 설치하고 항상 최신 버전을 유지하는 게 중요합니다. 교과서 같은 얘기지만 가장 높은 예방법입니다.

한국인터넷진흥원이 발간한 '2017년 3분기 사이버위협 행동 보고서'에 3분기에 발생한 악성코드 중 랜섬웨어가 차지하는 비율이 70%가 넘는 것으로 조사됐는데 이는 성공률이 높고 그만큼 돈벌이가 되기 때문에 성행한다는 사실을 단적으로 보여줍니다. 심지어 최근에는 랜섬웨어를 개발할 기술적 능력이 없어도 일정 비용만 지불하면 랜섬웨어를 구입할 수 있는 암시장이 형성돼 더욱 문제가 되고 있습니다.

● 워터링 홀(Watering Hole)

공격 대상이 방문할 가능성이 가장 높거나 가장 많이 쓰는 웹 사이트를 감염시킨 후 잠복하면서 피해자 컴퓨터(PC)에 악성 코드를 추가로 설치하는 공격입니다. 사자가 먹이를 습격하기 위해 물웅덩이에 매복하고 있는 형상을 빗댄 것으로 표적 공격이라고도 합니다.
사전에 공격 대상 정보를 수집한 후 주로 방문하는 웹사이트를 파악, 해당 사이트의 제로데이 등을 악용해 접속하는 모든 사용자에게 악성코드가 다운로드 되는 '드라이브 바이 다운로드' 공격기술까지 설치돼 있어 대응 자체를 할 수 없는 경우도 있습니다.
글로벌 보안회사 시만텍에 따르면 2012년 한 해 동안 발생한 표 적공격 두 건 중 한 건이 종업원 수 2,500명 이하 기업을 겨냥했습니다. 종업원 수 250명 미만 소기업을 노린 표적 공격도 31%에 달했습니다.
시만텍은 2013년 2월 애플, 페이스북, 트위터 등이 해킹 때문에 악성코드 배포지로 전락한 사건도 워터링 홀로 규정했습니다. 시만텍은 2014년 8월 초 조직적으로 다수의 구 동유럽 국가 정부와 대사관을 겨냥한 대규모 사이버 스파이 활동을 포착했습니다.

공격단체는 사이버 정찰 활동을 위해 '트로이목마 윕봇(Trojan.Wipbot)'과 '타브딕(Tavdig)' 백도어를 사용했습니다. 이후 또 다른 악성코드 '툴라(Trojan.Tulra)'를 이용해 장기간 모니터링했습니다.

툴라는 공격자에게 강력한 스파이 기능을 제공합니다. PC를 시작할 때마다 실행되도록 설정돼 웹 브라우저를 여는 즉시 공격자와 통신이 가능한 백도어를 실행합니다.
툴라를 쓴 공격자는 스피어피싱(Spear Phishing) 이메일과 워터링 홀(Watering Hole) 공격 기법으로 피해자를 감염시키는 이중 전략을 취했다.

● BEC (Business Email Compromise, 비즈니스 이메일 침해)

기업 이메일 침해 기업관계자로 위장한 이메일을 보내 돈이 나 데이터를 탈취하는 공격 수법입니다. 대부분의 사이버범죄와 달리 BEC 공격은 사회공학적 수법에 완전히 의존합니다. 직장 동료나 경영자로부터 가짜 이메일을 보내 내부적인 절차를 생략하고 금융 부서에 결제를 진행하라고 명령하는 것입니다.

꽤 단순하게 보이는 이 수법은 놀라울 정도로 잘 먹히는 동시에 수익률도 높습니다.

범죄자들은 대개 정찰하는 것에서부터 공격 캠페인을 시작합니다. 특정 기업의 위계 구조를 파악하고 경영진은 누구인지 정찰하며 직원을 감시합니다. 과거 시절이 좋았을 때 범죄자들의 삶은 매우 힘들었지만 소셜 미디어가 출현한 이래 모든 것이 뒤바뀌었죠. 기업 웹사이트는 자사 경영진을 소개하면서 각 경영자의 페이스북, 구글, 링크드인 프로필을 함께 게시합니다. 범죄자들에겐 먹잇감이 그대로 놓여있는 것과 마찬가지인 것이죠.

정보를수집하는 것 또한 그 어느 때보다 쉬워졌습니다. 사이버 범죄자에게 BEC 공격은 말 그대로 젖과 꿀이 흐르는 땅이 됐습니다.

정찰 이후엔 보통 CEO나 기업 간부로부터 발송된 것 같은 가짜 이메일을 보냅니다. 그리고는 이메일을 수신한 직원에게 당장 파트너사나 공급업체에 돈을 지불하라고 명령하는 것이죠. 돈을 지불받는 사람의 은행 계좌는 해외에 있는 경우가 많고 그 계좌의 주인인 사이버 범죄자 또는 중개인의 것입니다. 세계적인 돈세탁 기술의 발전과 자금 운반책의 확산은 타인의 계좌에 있는 돈을 빼돌리면서 그 추적도 어렵게 만들고 있습니다.

BEC 공격은 우선적으로 대기업을 겨냥합니다. 페이스북과 구글을 포함해 많은 대기업이 BEC 공격에 당해왔습니다. 그 모든 기업의 정책과 보안에도 불구하고 가짜 메시지의 성공률은 충격적일 만큼 높아지고 있습니다. 미국 연방수사국(FBI)이 발표한 보도자료에 따르면 BEC 공격의 성공률은 2015년 1월에 비해 현재 1,300%나 뛰었다고 합니다. 또한 BEC 공격의 성공률은 랜섬웨어 성공률보다 높습니다. BEC 공격의 이메일은 멀웨어나 의심스런 링크를 담고 있지 않기 때문에 보안 툴을 피하면서 기업에 침투할 수 있습니다.

FBI, 미 법무부, 국가화이트칼라범죄센터(NWC3: National White Collar Crime Center)간 연합인 미국 인터넷범죄신고센터(IC3: Internet Crime Complaint Center)에 따르면 2013년 10월부터 2016년 12월 사이 약 6조 원(53억 달러)의 돈이 BEC 관련 사기 때문에 날아갔습니다. 2017 시스코

사이버 보안 중간 보고서도 이 같은 사실을 강조하며 매년 평균 2조 원(17억 달러)에 달하는 돈이 날아가는 셈이라고 짚었습니다. 랜섬웨어와 비교해 보면 랜섬웨어는 2016년에 1조 1,300억 원(10억 달러) 가량을 빼돌리는 데 그쳤습니다.
“기업 이메일 계정을 해킹하는 범죄자들의 능력은 정말이지 놀랍습니다. 그야말로 속임수의 달인들입니다.” FBI 워싱턴 현장사무소의 조직범죄 담당 특별 수사관인 마틴리카르도 (Martin Licciardo)는 “FBI는 BEC 공격을 매우 심각하게 다루고 있다”며 “범죄자들을 밝혀내고 범죄 조직을 해체시키기 위해 국제적인 파트너들과 협업하고 있다”고 말했습니다.
참고로 2016년 국내 L사가 무역거래업체를 사칭한 사이버범죄 조직의 이메일에 속아 240억을 날린 사례도 있습니다.

● 디페이스(Deface)

디페이스 공격이란 외관을 훼손한다는 단어 의미와 같이 웹서버를 해킹하여 웹사이트의 첫 화면 즉 홈페이지를 해커가 마음대로바꾸고 해킹에 성공했음을 알리는 공격으로 화면 변조 공격이라고도 합니다. 해킹에 성공했음을 주변에 알리기 위해 화면을 바꿔놓는 것입니다. 디페이스 공격으로 화면 변조를 당했다는 자체만으로도 사이트 보안에 취약점이 존재한다는 것이니까 위험을 인식하고 보안을 강화하도록 해야 합니다. 이는 핵티비스트 단체에서 자주 활용하는 공격기법으로 2017년 상반기 사드 배치 문제로 한중 관계가 불편해졌을 때 국내 사이트 수십여 곳이 중국 해커 집단에 의해 디페이스 공격 당한 사례가 있습니다.

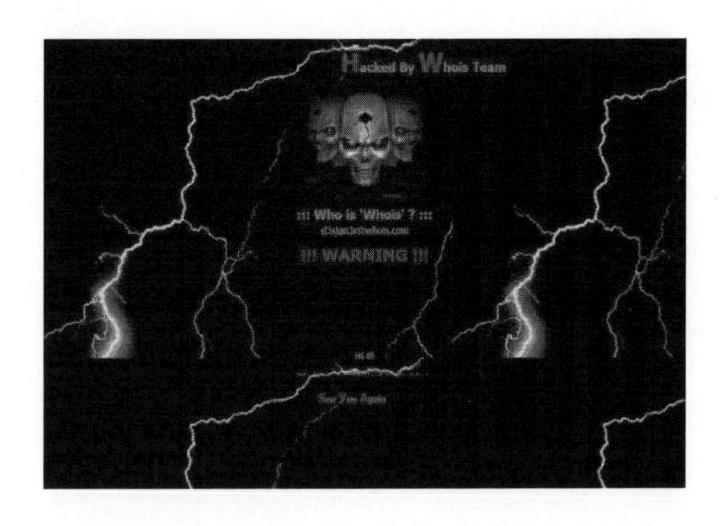

● 악성코드(Malicious Code)

악의적인 목적을 위해 작성된 실행 가능한 코드의 통칭으로 자기 복제 능력과 감염 대상 유무에 따라 바이러스, 웜, 트로이목마등으로 분류됩니다.
맬웨어(malware, malicious software), 악성 프로그램(malicious Program)이라고도 합니다. 악성코드의 증상이나 유포방법이 복잡해지고 지능화하고 있어 기존 안티바이러스 프로그램은다양한 악성코드를 진단·치료할 수 있는 통합보안 프로그램으로 기능이 확장되고 있습니다.
주로 웹페이지를 검색할 때, P2P 서비스를 이용할 때, 셰어웨어를 사용할 때, 불법복제 프로그램을 사용할 때, 내부자(해커)가 직접 설치할 때, 전자우편의 첨부파일 또는 메신저 파일을 열 때 침투합니다. 주요 증상은 네트워크 트래픽 발생, 시스템 성능 저하, 파일 삭제, 이메일 자동발송, 개인 정보 유출, 원격 제어 등 입니다. 예방을 위해서는 의심스러운 웹사이트 방문을 삼가고 잘 모르는 사람이 보냈거나 수상한 이메일을 열지 말고, 메신저로 오는 인터넷 주소나 첨부 파일을 함부로 접속하거나 열지 않는 것이 좋습니다. 또한 보안등급을 설정하고 불법복제를 하지 않으며, 통합보안 프로그램을 설치해 항상 최신 버전으로 유지하고 실시간 감시 기능을 켜두는 것이 좋습니다.

[악성코드의 분류]	
이름(코드)	설명
바이러스	●사용자 컴퓨터(네트워크로 공유된 컴퓨터 포함) 내에서 사용자 몰래 프로그램이나 실행 가능한 부분을 변형해 자신 또는 자신의 변형을 복사하는 프로그램입니다. ●가장 큰 특징은 복제와 감염이다. 다른 네트워크의 컴퓨터로 스스로 전파되지는 않습니다.
웜	●인터넷 또는 네트워크를 통해서 컴퓨터에서 컴퓨터로 전파되는 악성 프로그램입니다. ●윈도우의 취약점 또는 응용 프로그램의 취약점을 이용하거나 메일이나 공유 폴더를 통해 전파되며, 최근에는 공유 프로그램(P2P)을 이용하여 전파되기도 합니다. ●바이러스와 달리 스스로 전파되는 특성이 있습니다.
트로이 목마	●바이러스나 웜처럼 컴퓨터에 직접적인 피해를 주지는 않지만 악의적인 공격자가 컴퓨터에 침투하여 사용자의 컴퓨터를 조종할 수 있는 프로그램입니다. ●고의적으로 만들어졌다는 점에서 프로그래머의 실수인 버그와는 다릅니다. ●자기 자신을 다른 파일에 복사하지 않는다는 점에서 컴퓨터 바이러스와 구별됩니다.
키로커	●감염된 PC의 사용자가 입력하는 키 값을 수집하는 악성코드입니다. ●금융정보, ID, 패스워드 등을 탈취하는 데 악용합니다.

논리폭탄	●프로그램에 삽입돼 특정 일자 또는 이벤트 발생 등 조건이 맞으면 실행되는 악성코드입니다. ●설계된 내용이 갖춰졌을 경우에만 터지는 시한폭탄으로 생각하시면 됩니다.
애드웨어	●애드웨어는 무분별한 웹서핑을 즐기거나 무료 소프트웨어를 다운로드해 이용하는 경우 감염이 잘 됩니다. 특정 소프트웨어가 설치 된 후 또는 사용 도중 자동으로 광고를 내려 받거나 보여주는 프로그램입니다. ●광고창이 마구잡이로 뜨는 현상 경험 하셨죠? 이것이 애드웨어입니다.
스파이웨어	●자신에게 설치된 시스템의 정보를 원격지의 특정한 서버에 주기적으로 보내는 프로그램입니다. ●사용자가 주로 방문하는 사이트, 검색어 등 취향을 파악하기 위한 것도 있지만 패스워드 등과 같은 특정 정보를 원격지에 보내는 스파이웨어도 존재합니다.

나를 노리는 공격자의 정체도 다양했는데 공격기법은 더 많고 놀랍죠? 더욱 우리는 긴장 시키는 것은 공격기법이 계속해서 개발되고 심지어 몇 가지 공격기법을 결합시킨 형태로 융합된 공격기법이 등장하고 있다는 것입니다.

● APT (Advanced Persistent Threat, 지능형 지속 공격)

모든 정보가 데이터화되고 DB(데이터베이스)에 저장, 활용되는 시대입니다. 그러다 보니 엄청난 양의 정보를 품고 있는 기업들은 사이버 공격 위협에 전전긍긍할 수밖에요. 그 중에서도 가장 위협적인 공격을 꼽으라면 '지능형 지속 공격 (APT, Advanced Persistent Threat)'이 단연 1순위를 차지할 것입니다. 굉장히 치밀하고 지독한 형태의 공격 방식인 APT, 대체 얼마나 독종인지 살펴봅시다.

APT는 Advanced(지능적이고), Persistent(지속적인), Threat(위협)의 약어입니다. 특정 타깃을 목표로 소셜 엔지니어링 등을 이용해 네트워크에 침입한 후 공격이 성공할 때까지 짧게는 몇 주, 길게는 수년에 걸쳐 줄기차게 공격하는 방식입니다. APT의 정의만 봐도 꽤나 위험해 보이지요?

[APT 공격 과정]						
1단계 **침투**		2단계 **검색**		3단계 **수집**		4단계 **유통**
임직원 감염 네트워크 침투		시스템 검색 공격 준비		관리자 권한획득 유출한 자료 수집		수집된 자료 유출 시스템 마비, 파괴

예를 들어 보겠습니다. 어느 날, 철수는 자신이 평소 애용하던 쇼핑 서비스 관련 이메일을 수신했습니다. 워낙 자주 들여다보는 쇼핑 정보라서 별다른 의심 없이 메일을 열어봤어요. 그로부터 3개월 뒤, 철수네 회사 정보가 대량으로 유출되는 보안사고가 발생합니다. 해커가 쇼핑 서비스 관련 이메일로 위장해 철수의 PC에 침입했고 상당 기간 잠복하면서 때를 기다렸던 것입니다. 이처럼 해커가 타깃을 공격하기 위해 지능적으로, 장기간, 지속적으로! 정보를 유출 혹은 파괴하는 공격방법을 'APT 공격'이라고 합니다. 불특정 다수를 대상으로 무차별적 공격을 퍼붓는 것이 예전의 해킹 방식이었다면 철수의 사례와 같이 특정 개인을 타깃으로 미리 정보를 파악한 후 낚이기 쉬운 미끼를 던져 침투하는 방식이 APT의 가장 큰 특징이라고 할 수 있습니다. 정말로 '치밀하고, 지독하고, 위협적'인 공격이라는 것을 알 수 있습니다.

[대표적 ATP 공격 사례]	
명칭	내용
오퍼레이션 오로라 (Operation Aurora, 2011)	구글, 인텔 등 34개의 세계적 기업이 공격당한 사건으로 기업 임직원에게 취약한 웹 페이지의주소를 담은 메일과 SNS 메신저를 전송해 그들의 클릭을 유도했으며, 이로 인해 악성코드가 잠입해 네트워크를 감염시킨 후 영업비밀과첨단 기술정보를 유출했습니다.
스턱스넷 (Stuxnet, 2010)	이란 부세르 핵발전소가 발전소 내부에 사용되는 소프트웨어에 대한 파일 변조와 악성코드 공격으로 원심분리기 1,000여 대가 피해를 입고 동작을 멈춘 사건입니다.
나이트 드래곤 (Night Dragon 2009)	2009년 11월부터 최소 1년 이상 지속되었으며 그리스, 미국에 위치한 석유화학업체를 대상으로 서버해킹, 악성코드 유포 등 다양한 기법을 사용해 내부 시스템을 장악한 뒤 영업 기밀을 탈취한 사건입니다.

이와 같이 다양한 공격기법으로 목표를 공격하기 때문에 APT를 완벽하게 차단하는 것은 현실적으로 불가능한 것으로 평가 받고 있습니다. 정보보안에서 100% 장담은 없습니다. 언제나 뚫릴 수 있는 것이 정보보안입니다. 하지만 그렇다고 해서 그 예방과 대응을 게을리해서도 안 됩니다. 공격자들의 공격에 방어를 하며 새로운 방어 방법을 생각하고 개발하는 것이 정보보안 전문가입니다.

2.3 국제 사이버테러의 증가와 우리의 대응

2016년 9월 대한민국 국방부는 북한으로부터의 사이버 공격에 의해 군사 기밀이 빠져나갔다는 것을 인정했습니다. 당시 한민구국방부 장관은 “일부 비밀 자료가 유출됐지만 심각한 수준은 아니다.”라고 밝혔지만 당시 상황이 국방부 장관의 PC를 포함해 군의 내·외부 인터넷망이 한꺼번에 공격받은 전례가 없는 상황이었으며 이 공격으로 <작계 5015> 김정은 참수계획이 담긴 군사 기밀 등이 유출되는 심각한 상황이었습니다.

이뿐만 아니라 무려 22일 동안 피해 사실을 알지 못한 상태로 무방비했으며, 그 외에도 어떤 정보가 더 유출되었을지 모른다는 발표는 1년이 지난 2017년 9월에서야 알려졌습니다. 유출된 자료 중에는 남북한의 전면전 상황을 가정한 1급 기밀의 군사 작전인 <작계 5027>도 있었습니다. 이런 국경을 넘는 사이버 테러는 우리나라뿐만이 아닙니다. 2010년 6월 이란의 나탄즈 우라늄농축시설과 부세르 원자력발전소를 공격한 악성코드 스턱스넷(Stuxnet)도 유명한 사례입니다. 핵탄두에 쓰이는 우라늄을 농축하기 위한 원심분리기 5,000 여기 중 1,000 여기가 악성코드에 감염돼 파괴되었고 결국 원자력발전소 가동이 중단됨으로써 이란의 핵 개발은 18개월에서 2년 정도 지연되었습니다.

이처럼 국가 간 분쟁이 발생했을 때 지원 또는 준비수단으로 활용되어 오던 사이버 공격은 통신망과 네트워크가 주요기간 시설과 각 가정, 개인에 이르기까지 연결되면서 금융기관과 가상화폐거래소 해킹을 통한 금전확보는 물론 가짜뉴스 유포를 통한 여론 선동 등 상대국 정치 활동에 개입하려는 수준에 이르게 되었습니다.
2016년 방글라데시 중앙은행 8,100만 달러 해킹, 에콰도르 방코델아우스트로 은행 1,200만 달러 해킹, 2017년 국내 가상화폐거래소 야피존, 유빗, 코인이즈 해킹을 통한 가상화폐 계좌탈취와 빗썸의 개인정보 유출 등 북한의 지원을 받는 국가지원 해킹 그룹으로부터 경제적 이익과 개인정보를 확보하려는 공격 행위가 계속되고 있습니다.

그렇다면 이런 사이버 테러는 왜 꾸준히 증가하고, 사라지지 않을까요? 일단 사이버 테러범을 잡을 방법이 없다는 것이 큰 문제입니다. 만약 악의를 가진 블랙 해커 1등급이 공격을 한다고 가정해봅시다. 하지만 그 해커가 어디에서 공격을 했는지 알아낼 수 있을까요? 현실적으로 불가능합니다. 외국에서의 해킹은 덜미를 잡기도 어려울뿐더러 만약 잡았다고 해도 해커는 몸만 숨으면 끝입니다. 설령 잡았다고 해도 사이버 공간에는 국제적으로 통일된 구체적인 법규가 없고 처벌과 처벌의 실질적인 법 적용이 어려울 수밖에 없습니다. 특히 우리나라의 법으로는 실질적 대응이 요원하고 처벌의 기준이 명확하지 않기 때문에 더욱 심각한 상황입니다. 사이버 상의 익명성과 시공을 초월한 간섭은 테러리스트에겐 매력적인 공격 수단인데다 모바일 장비로도 접속이 가능해짐에 따라 공격 의도를 감추고 책임을 회피하는 데 유리한 사이버공격은 앞으로도 계속 될 것이고 공격기법은 더욱 지능화, 고도화, 다양화 될 것입니다. 이를 막아내기 위해서 필요한 것으로는 최신장비, 연구개발, 대응조직 등이 있겠지만 가장 중요하고 또 부족한 정보보안 전문가입니다. 방어도 공격도 수행할 주체가 없으면 무용지물이기 때문입니다. 여러분이 꿈을 키워 뛰어난 정보보안 전문가로 성장하기를 기원합니다. 여러분은 할 수 있습니다.

우리나라는 국가 사이버 안전 관리규정, 국가 정보화 기본법, 정보통신기반 보호법, 군사기밀 보호법, 개인정보 보호법 등등 수많은 법령과 시행령이 있습니다. 이렇게 이런저런 이름으로 법령이 존재하는 것은 국가 차원의 정보화 발전이 1980년대부터 시작되면서 이를 뒷받침하기 위한 정보보호 관련 법령이 하나둘 생겨났기 때문입니다.

이와 같이 개별법이 많다 보니 '누더기' 같다고 말하는 사람도 있습니다. 문제점이 발생하는 것도 사실입니다. 아직 여러 가지 문제점이 있지만 2019년 4월 대한민국 정부가 최초로 발간한 사이버안보의 정책 지침서인 '국가 사이버 안보전략'이 공개되었습니다. 정부가 첫 발간한 '국가 사이버 안보전략'은 해킹, 정보 절취등 증가하는 사이버위협에 대응해 사이버 공간에서 우리 국민이 안전하고 자유롭게 활동할 수 있도록 보장하기 위해 마련된 사이버안보 정책의 최상위 지침서입니다. 전략의 비전은 자유롭고 안전한 사이버공간을 구현해 국가 안보와 경제 발전을 뒷받침하고 국제 평화에 기여한다는 것이다. 이를 위해 국가 주요기능의 안정적 수행, 사이버 공격에 빈틈없는 대응, 튼튼한 사이버안보 기반 구축에 3대 목표를 두고 있으며, 국민 기본권과 사이버안보의 조화, 법치주의 기반 안보 활동 전개, 참여와 협력의 수행체계 구축의 기본원칙을 제시하였습니다. 다른 국가보다 늦은 감도 있지만, 한발 한발 나아가고 있습니다.

IT 강국 대한민국이 사이버 강국으로 우뚝 서게 될 것입니다. 그리고 여러분이 세계 최고의 보안 강국을 만들 것이라 굳게 믿습니다.

PART 3

4차 산업혁명시대, 정보보안전문가는 정말 유망직종인가요?

3.1 4차 산업혁명 뭐예요?

● 일자리는 어떻게 될까요?

3.2 4차 산업혁명 6대 핵심기술

3.3 정보보안 전문가는 정말 유망직종인가요?

3.4 정보보안 전문가의 분류와 역할

3.1 4차 산업혁명 뭐예요?

얼마 전부터 뉴스나 인터넷을 보면서 '4차 산업혁명'이라는 말을 많이 들어보셨을 것입니다. 사물인터넷, 가상현실, 인공지능과 같은 용어와 함께 4차 산업혁명은 우리에게 익숙하게 다가오며 사회 전반으로 확산되고 있습니다.

4차 산업혁명이라는 말은 2016년 세계경제포럼 (WEF, World Economic Forum)에서 클라우스 슈바프(Klaus Schwab) WEF 회장이 언급하면서 화제가 되었는데요.

"우리는 지금까지 우리가 살아왔고 일하고 있던 삶의 방식을 근본적으로 바꿀 기술 혁명의 직전에 와 있습니다. 이 변화의 규모와 범위, 복잡성 등은 이전에 인류가 경험했던 것과는 전혀 다를 것입니다."

4차 산업혁명은 인공지능, 사물인터넷, 빅데이터, 모바일, 로봇 등 첨단 정보통신기술이 경제, 사회 전반에 융합되어 나타나는 혁신적 변화를 말합니다. 4차 산업혁명은 1~3차 산업혁명에 이어 경제와 산업 전반에 큰 변화를 이끌 것으로 예고되고 있습니다. 증기기관 기반의 기계화 혁명인 1차 산업혁명, 전기를 이용한 대량 생산과 자동화의 2차 산업혁명, 컴퓨터, 인터넷으로 대표되는 제3차 산업혁명인 정보 혁명에서 한 단계 진화한 혁명입니다.

디지털 기기와 정보통신 기술의 개발은 제3차 산업혁명 과정에서 시작됐습니다. 하지만 이때까지만 해도 TV나 음향기기, 시계 등 아날로그적 기계 패러다임으로 제조되던 기기가 디지털 방식으로 만들어지고 컴퓨터 등 독립적 정보통신기기를 활용한 정보 교류가 활성화되는 수준이었죠. 이 시기의 디지털은 인간의 삶에서 '개별적으로 이용되는' 아이템이었습니다. 4차 산업혁명이 3차 산업혁명과 다른 점이 바로 이것인데요. 디지털이 더 이상 독립적인 존재가 아니라 인간의 일상에 통합되는 존재로 바뀌었기 때문입니다. 눈에 보이지는 않지만 생활 방식을 근본적으로 바꾸고 디지털 영역과 물리적 영역이 통합돼 새로운 시스템을 창출합니다. 디지털 영역과 물리적 영역의 통합이 눈에 띄게 구현되는 분야 중 하나는 쇼핑입니다. 요즘 쇼핑에서 온라인과 오프라인 간의 경계는 빠르게 무너지고 있는데요. 소비자들은 온라인에서 산 옷을 오프라인 매장에서 환불, 교환하는가 하면 오프라인 매장을 방문해서도 스마트폰으로 자신이 원하는 아이템 관련 정보를 검색하며 매장에 진열된 제품과 꼼꼼하게 비교합니다. 온라인상에서의 매장 정보 통합이 가능해져 고객이 원하는 색상과 크기의 옷을 멀리 떨어진 매장에서 택배로 받아볼 수 있게 해주는 서비스도 이제 흔하게 됐죠. 이렇게 '융합'과 '연결'로 대표되는 4차 산업혁명 시대는 자율주행 자동차, 가정용 로봇, 인공지능 기반의 의료기기 발달, 공공안전 및 보안에 대한 활용도가 높아지며 우리의 생활을 편리하게 해 줄 것으로 기대하고 있습니다.

그럼 여기서 1차, 2차, 3차 산업 혁명은 어떤 사회 변화를 주었는지 알아보겠습니다. 1차 산업혁명은 너무나 잘 알려져 있습니다. 우리가 흔히 산업혁명이라고 하면, 1차 산업혁명을 말합니다. 18세기 영국에서는 기계의 발명과 기술의 혁신으로 산업상 큰 변화가 일어납니다. 핵심은 면직물이었습니다. 면직물 산업이 갑자기 발전할 수 있었던 이유는 석탄이라는 에너지가 새로 등장했고, 이를 이용한 증기기관이라는 동력이 발명됐기 때문입니다. 그러면서 공장 체제가 생긴 것입니다. 농경 중심 사회가 제조업 중심의 사회로 바뀌기 시작합니다. 공장에 투자하는 자본가들이 생겨나고, 농업 부문의 유휴 노동력은 제조업으로 이동하게 됩니다.

2차 산업혁명은 좀 더 포괄적입니다. 어느 하나로 특징짓기가 매우 힘듭니다. 핵심은 전기입니다. 1차 산업혁명이 석탄을 에너지로 썼다면 2차 때는 전기라는 새로운 에너지원이 생겨납니다. 그러면서 탄생한 가장 중요한 산업 분야는 자동차입니다. 1차가 면직물이라면 2차는 자동차지요. 그 중심에 있는 인물이 미국 포드사(社)의 창업자인 헨리 포드입니다. 그는 이런 말을 했습니다. "나의 회사에 다니는 근로자가 이제는 자신의 월급으로 자동차를 탈 수 있는 시대를 열겠다"고 포드는 약속을 지킵니다. 자동차는 대량생산체제에 들어갑니다. 그것이 세계 최초의 대중용 자동차인 '모델T'로 1908년에 출시된 이후 폭발적인 인기를 누렸습니다. 미국 사회는 1920년대에 자동차 대중화 시대에 돌입합니다. 포디즘(Fordism)이니 테일

러리즘(Taylorism)이니 하는 과학적 생산관리 방식이 도입됩니다. 이게 2차 산업혁명이 일어났던 20세기에 세계를 풍미했던 중요한 주의(主義), 이즘(ism)입니다. 이렇게 해서 탄생한 사회를 우리는 현대산업사회라 합니다. 1차 산업혁명 때는 근대사회이지요.

이제 3차로 넘어가 볼까요. 이건 대부분의 사람이 잘 아는 것입니다. 인터넷의 탄생이 새로운 세상을 연 것입니다. 이게 왜 혁명적이냐 하면 그건 2차 산업혁명 때까지는 중앙집권식이었거든요. 그게 3차가 되면서 분산화되기 시작한 거죠. 그동안 통제다, 질서다, 시스템이다, 이런 말들이 유행했는데 3차 때부터는 개별 부문이 다 개성을 갖고 중요해지기 시작한 것입니다. 인터넷이 보편화 되면서 통신이 엄청 발달하게 됩니다. 정보의 독점도 의미가 없어지게 된 겁니다.

1차 산업혁명 시기에는 증기기관이라는 것이 발명되면서 사람보다 훨씬 일을 잘하는 기계들을 만들 수 있게 되었습니다. 증기기관이 등장하기 전까지는 모든 일을 사람이 다 했습니다. 아무리 힘들고 어려운 일이라도 말이죠. 그 시기에는 사람의 노동력을 대신할 만한 마땅한 기계도 없었거니와, 인건비가 워낙에 쌌거든요. 하지만 농장일과 공장 일을 훨씬 빠르고 정확하게 해주는 기계가 등장하면서 사람의 노동력을 기계가 속속들이 대신하게 되었습니다. 1차 산업혁명을 통해 '인간이 할 일을 기계가 대신해주는 것'이 자연스러운 사회가 만들어졌죠. 제2차 산업혁명 시기에는 전기가 발명되면서 세상이 또한 번 변했습니다. 전기의 등장과 함께 각종 전자제품이 만들어지고 대량생산이 가능해졌는데요. 그로 인해 여성들의 바깥일이 완전히 금지된 사회에서 여성들의 사회진출이 가능해진 사회로 바뀌게 되었습니다. 세탁기도 이 시기에 발명되었는데요. 세탁기가 발명되기 전까지 여성들은 한 달에 약 400시간이 넘게 빨래를 해야 했습니다. 다른 집안일까지 손으로 다 하려면 하루가 부족했죠. 가사 일에 드는 시간이 워낙 많았기 때문에 여성들은 밖에 나가서 일을 할 수가 없었습니다. 그런데 세탁기가 등장하면서 빨래하는 시간이 획기적으로 줄었습니다. 집안일을 다 끝내도 남는 시간이 생기게 된 것입니다. 잉여 시간이 생기면서 여성들이 지금처럼 활발하게 사회 진출을 할 수 있는 발판이 마련되었습니다. 그러다가 1960년대에 컴퓨터라는 신기술이 등장합니다. 그로부터 몇십년 뒤에는 인터넷이라는 신기술이 또 한 번 등장을 하죠.

컴퓨터와 인터넷이 등장하면서 우리는 또 한 번 엄청난 변화를 맞이하게 됩니다. 컴퓨터나 인터넷이 보급되기 전까지는 정보는 소수의 엘리트들만이 얻을 수 있는 것이었습니다. 하지만 그 둘의 등장으로 모든 사람들이 원하는 정보를 간편하고 쉽게 찾을 수 있는 새로운 사회가 만들어졌습니다. 이것이 정보화 혁명이라고도 불리는 제 3차 산업혁명입니다.

보기 쉽게 표로 정리했습니다.

[1,2,3,4차 산업 혁명 정리]

구분	핵심 정리	한 줄 정리
1차 산업혁명	●18세기 영국에서 시작되어 18~19세기 유럽과 북미로 확산. ●사람의 손으로 하던 수많은 일들이 자동화되는 첫 시기. ●다른 모든 산업혁명을 통틀어 가장 격변이 이루어져 인류 역사에서 '근대'라는 말을 낳은 계기.	증기기관의 발명으로 촉발된 첫 산업혁명
2차 산업혁명	●19세기 중후반에서 20세기 초반까지 이루어짐. ●전자공학, 중화학 공업이 크게 발명하고 현대에서 볼 수 있는 다양한 발명품들이 등장한다. 전구, 전화기, 전동모터, 자동차 등 2차 산업혁명이 세상을 바꾸어 놓으며 '현대'시대에 이른다.	전기, 석유를 통해 한번 더 격변이 이루어진 산업혁명
3차 산업혁명	●컴퓨터, 인터넷이 등장하고 각종 산업들이 디지털과 접목되어 가상 세계에서의 산업이 이루어짐. ●1~2차 산업혁명은 역사적으로 내려진 정의지만 3차 산업혁명부턴 다소 추상적이고 미래지향적. ●3차 산업혁명이란 말 또한 미래의 변화를 예측하면서 정의함.	컴퓨터, 인터넷 등 디지털 기술 등장에 따른 정보화 혁명
4차 산업혁명	●클라우스 슈바프가 의장으로 있던 2016년 세계 경제포럼에서 주창된 용어. 초연결과 초지능기술을 기반으로 함. ●빅 데이터, 인공지능, 로봇공학, 사물인터넷, 무인 운송 수단, 3D 프린트, 나노 기술 기존 산업혁명에 비해 더 넓은 범위에 더 빠른 속도로 크게 영향을 끼침.	정보통신기술이 경제·사회 전반에 융합되어 혁신적인 변화가 나타나는 차세대 산업혁명

● 일자리는 어떻게 될까요?

4차 산업혁명 일자리 전망을 두고 다양한 의견들이 존재하는데요. 그 상황을 한 줄로 이렇게 요약할 수 있을 것 같습니다.

"일자리 감소냐 증가냐, 그것이 문제로다!"

어떤 학자들은 4차 산업혁명 일자리 전망에 대해 '일자리 감소가 빠르게 진행될 것'이라고 주장하기도 하고, 여기에 한술 더 떠 어떤 학자들은 '일자리 감소의 수준을 넘어서 노동의 종말을 맞게 되는 시대가 올 것'이라고 예견하기도 합니다. 한편, 완전히 반대되는 주장을 하는 학자들도 있습니다. 그들은 4차 산업혁명으로 인해 줄어드는 일자리만큼 새로운 일자리들이 많이 발생하게 되어 4차 산업혁명 일자리 전망이 그렇게 비관적이지 않다고 주장합니다.

일자리 감소, 노동의 종말, 일자리 증가를 주장하는 학자들의 주장을 각각 알아보고 4차 산업혁명 일자리 전망에 대한 종합적인 평가를 하려고 합니다. 4차 산업혁명 시대, 일자리는 감소할까요? 오히려 증가할까요?

● 일자리 증가파

4차 산업혁명으로 인해 사라지는 일자리들은 분명 생길 겁니다. 단순 노동을 필요로 하는 일자리들이 제일 먼저 사라질 것입니다. 하지만 지금까지의 산업혁명 과정이 그러하였듯 새로운 일자리들이 많이 만들어질 겁니다. 역사적으로 보면 산업혁명은 일자리를 줄이기보다 더 늘리는 방향으로 진행이 되었습니다.
예를 들어 19세기에 발생한 1차 산업혁명으로 인해 방직공정이 자동화되었지만 그로 인해 면직물 가격이 하락하고 수요가 급증하여 1830년에서 1900년 사이에 방직공의 고용이 네 배 이상 증가했습니다. 또, 20세기 말에 ATM이 도입되면서 은행원 수가 일시적으로 크게 줄었지만 ATM으로 인해 은행당 운영비가 줄어들고 더 많은 지점이 생기면서 은행원들이 고용이 증가되기도 했습니다.
이처럼 4차 산업혁명 시대에도 줄어드는 일자리만큼 신규 일자리들이 많이 생기게 될 것입니다. 바르셀로나의 스마트 도시 사례가 이를 증명하고 있습니다. 스페인 바르셀로나는 도시 전체가 인터넷에 연결되는 스마트 도시를 구현했는데 이로 인해 47,000개의 신규 일자리가 창출되었을 뿐만 아니라 경제위기에서도 벗어날 수 있었다고 합니다.

● 일자리 감소파

4차 산업혁명은 이전의 산업혁명들과 극명하게 다릅니다. 따라서 이전 산업혁명 때 일자리가 증가했다고 해서 4차 산업혁명 시대에도 일자리가 증가할 것이라는 섣부른 추측을 해서는 안 됩니다.

1, 2, 3차 산업혁명 때 등장한 기계들이 인간을 완전히 대체할 수 없었던 건 그때의 기계들은 인간의 육체적 능력만 대신할 수 있었을 뿐 인지적 능력은 따라잡을 수 없었기 때문이었습니다. 학습 능력, 의사소통 능력, 감정을 이해하는 능력이 인간의 고유한 인지적 능력이라고 할 수 있는데 이전 산업혁명 때 개발된 기계들은 이 능력을 갖지 못했습니다. 그래서 인지적 능력이 필요한 서비스직 일자리를 기계가 대신할 수 없었고, 이것이 일자리 증가로 이어진 것이죠.

하지만 4차 산업혁명 시대의 기계들은 다릅니다. 인공지능, 빅데이터 등으로 중무장한 최신 기계들은 인간의 육체적 능력뿐만 아니라 인지적 능력까지 완벽히 따라 할 수 있습니다. 오히려 사람보다 능력이 뛰어나기도 하죠. 이런 기계들이 등장하게 되면서 지금까지는 인간의 영역이었던 서비스직까지 기계로 대체 될 것입니다. 따라서 4차 산업혁명 일자리 전망은 ‘일자리 증가파’들이 주장하는 것처럼 그리 낙관적이지 못합니다.

종합하자면, 4차 산업혁명 일자리 전망을 두고 크게 두 가지 의견이 존재합니다. 하나는 줄어드는 일자리만큼 새로운 일자리가 발생하게 될 것이므로 4차 산업혁명 일자리 전망이 크게 비관적이지 않다는 의견입니다. 또 다른 의견으로는 4차 산업혁명은 역사적인 유례가 없는 대규모의 일자리 감소를 유발하게 된다는 주장이 있습니다.
둘 중 어떤 의견이 지배적인 4차 산업혁명 일자리 전망이 될지는 아직까지 알 수 없습니다. 두 가지 의견을 같은 비중으로 고려해서 4차 산업혁명 일자리 전망에 대한 신중한 결론을 내려야 할 것입니다.

3.2 4차 산업혁명 6대 핵심기술

1차 산업혁명은 증기기관, 2차 산업혁명은 전기, 3차 산업혁명은 인터넷으로 새로운 시대를 열었습니다. 그럼 4차 산업혁명의 핵심 기술은 어떤 것이 있는지 알아보겠습니다.

● 핵심기술 1. 인공지능

우리에게 '알파고'로 친숙한 인공지능 기술은 무려 1960년대부터 개발되기 시작한 기술입니다. 인공지능 기술이란 컴퓨터가 인간처럼 사고할 수 있도록 만드는 기술을 의미합니다. 그럼 인간처럼 사고한다는 것은 무엇일까요? 인간의 학습 능력, 고차원의 추론 능력, 자연어 이해 능력은 컴퓨터가 따라 할 수 없는 인간만이 할 수 있는 사고 능력으로 여겨졌습니다. 하지만 인공지능 기술이 등장하면서 인간만이 지닌 사고 능력이라고 할 수 있는 것이 사라질 위기에 처했습니다. 인간을 완벽하게 흉내낼 수 있는 인공지능은 법조계, 예술계, 의학계 등 다양한 곳에서 이미 활용되고 있습니다. 세계 유수의 로펌에서 사용되고 있는 인공지능 변호사는 인간 변호사보다 약 10,000배 빠른 속도로 법률 상담 일을 처리하고 있습니다. 작곡가가 만든 것보다 뛰어나게 들리는 음악을 인공지능 컴퓨터가 작곡하기도 합니다.

인간만이 갖고 있는 사고 능력 때문에 우리는 흔히 컴퓨터보다 인간이 뛰어나다고 생각해왔습니다. 그런데 컴퓨터가 인간의 사고 능력을 거의 대부분 따라할 수 있게 된 지금도 인간이 컴퓨터보다 뛰어나다고 말할 수 있을까요? 4차 산업혁명을 통해 인공지능이 지금보다 더 발전되면 인간과 컴퓨터는 겉모습을 제외하고는 구별할 수 없게 될 겁니다. 컴퓨터가 인간의 사고능력을 앞지를 가능성도 있습니다.

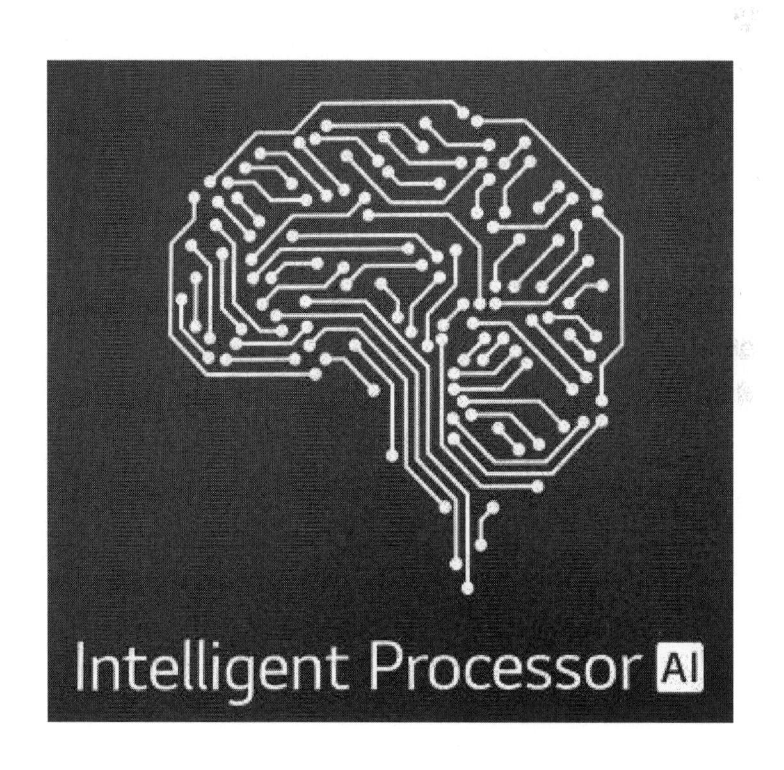

● 핵심기술 2. 자율주행 기술

사람의 도움 없이 자동차가 알아서 운전을 해주는 자율주행 기술은 머지않아 상용화될 예정입니다. 자율주행차를 개발 중인 기업들 대부분이 '2020년 완전 자율주행차 출시'를 목표로 기술을 개발 중에 있습니다. 아직까지는 도로에서 자율주행차를 한 대도 보기 힘들지만 2030년에는 도로에 다니는 차 10대 중 1대가 자율주행차일 것이라는 전망도 나오고 있습니다. 자율주행차가 상용화되면 도로 위 풍경이 지금과는 완전히 달라지게 될 겁니다. 승객은 있지만 기사는 없는 무인 택시도 다니게 될 것입니다. 1톤 규모의 큰 화물차도 기사 없이 다니는 모습을 볼 수 있게 될 겁니다. 아직까지 상상에 불과한 일들을 실현시키기 위해 미국의 택시 공유 플랫폼 회사 '우버'가 적극적으로 자율주행 기술을 개발하고 있습니다. 자율주행 기술은 새로운 직업을 창출하기도 하지만 기존의 직업들을 대거 사라지게 만들 예정입니다. 특히 택시 기사의 경우에는 2030년까지 반드시 사라지게 될 직업 13가지 중 하나로 꼽히기도 했습니다.

● **핵심기술 3. 사물인터넷 (IoT)**

사물인터넷 기술은 도로, 자동차, 하수도 하물며 쓰레기통에 이르기까지 모든 사물이 인터넷에 연결되도록 만드는 기술을 말합니다. 사물인터넷 기술을 가장 적극적으로 도입하고 있는 곳은 스페인의 바르셀로나인데요. 이곳에서는 도로에 통신칩이 부착되어 있어 불법 주차된 차량의 정보가 관련 기관의 서버로 실시간전 송됩니다. 또한 인터넷으로 도시 전역의 쓰레기통이 얼마나 찼는지도 확인할 수 있어 도시의 청결을 효과적으로 관리할 수도 있습니다.

사물인터넷은 도시의 모습뿐만 아니라 우리의 일상도 완전히 바꿔놓게 될 것입니다. 앞으로 사물인터넷 기술이 인터넷에 연결시킬 사물 중 하나로 인간의 몸이 있습니다. 우리의 신체가 인터넷 연결이 가능한 통신칩과 신체 정보 수집을 할 수 있는 각종 센서들로 연결되면 병원에 가지 않고도 건강 상태를 실시간으로 확인할 수 있게 됩니다.

● 핵심기술 4. 3D 프린팅

집에 있는 프린터로 공을 인쇄하면 입체감이라고는 전혀 느낄 수 없는 동그라미가 출력될 겁니다. 하지만 3D 프린터로 공을 인쇄하면 동그라미가 아니라 진짜 공이 인쇄됩니다. 3D 프린팅 기술은 우리 눈에 보이는 대로 사물을 입체적으로 출력 가능하게 만들어주는 기술이라고 할 수 있습니다.
3D 프린팅으로 출력할 수 있는 것은 아주 다양합니다. 맞춤형 신발, (사람이 실제 거주 가능한) 집, 자동차, 신체 일부 등을 3D 프린터를 통해 실물 크기로 출력할 수 있습니다. 3D 프린터의 소재가 갈수록 다양해지고 있기 때문에 앞으로 3D 프린터로 출력 가능한 대상은 더 늘어나게 될 것입니다.
전 세계에서 수천 곳이 넘는 기업들이 3D 프린터를 경쟁적으로 개발하고 있는 탓에 3D 프린터의 가격은 점점 더 저렴해지고 있습니다. 3D 프린터가 지금 여러분의 가정에 있는 프린터만큼 저렴해진다면 사회는 어떻게 변하게 될까요? 제일 먼저 우리가 물건을 구매하는 방식이 달라지게 될 겁니다. 지금은 필요한 물건이 있으면 어떻게 하나요? 근처 마트에 가서 물건을 직접 구매하거나 온라인으로 필요한 물건을 주문하죠? 3D 프린터가 있다면 실제 물건을 돈 주고 구매할 필요가 없어집니다. 작은 책상이 필요하다면 온라인에서 마음에 드는 3D 책상 도안을 구매한 다음 집에 있는 3D 프린터로 바로 인쇄하면 됩니다. 3D 프린팅 기술로 인해 자급자족이 가능한 사회가 만들어질 수도 있는 것입니다.

● **핵심기술 5. 지능형 로봇**

로봇은 우리에게 꽤나 익숙한 존재입니다.
어렸을 때 갖고 놀던 버튼을 누르면 소리가 나는 장난감도 로봇의 일종이고요, 조종키로 운전을 할 수 있는 RC카도 로봇의 일종입니다. 이 로봇들은 사람이 버튼이나 조종키를 통해 작동을 시킬 때만 소리를 내거나 움직일 수 있습니다. 또한 이 로봇들은 주어진 명령만 반복적으로 수행할 수 있을 뿐 스스로 상황을 판단하는 능력은 없습니다.
반면에 지능형 로봇은 사람의 조종 없이도 혼자서 움직일 수 있으며 스스로 상황을 판단할 수 있는 능력을 갖추고 있습니다. 지능형 로봇은 어디에 쓰이냐에 따라 생김새가 다릅니다. 기계 형태의 지능형 로봇도 있고 애완동물 형태도 있으며, 최근에는 사람의 형태를 한 지능형 로봇까지 만들어지고 있습니다.
지능형 로봇은 우리의 삶을 앞으로 더 편리하게 만들 것입니다. 동시에 우리의 삶을 지금보다 힘들게 만들 수 있습니다. 제조업 공장에서는 이미 빠른 속도로 인간 노동력을 지능형 로봇으로 대체하고 있습니다. 앞으로는 제조업뿐만 아니라 농업, 서비스업 등에서도 활발한 로봇 도입이 이뤄지게 될 것입니다. 그렇게 된다면 현재 우리는 일자리를 놓고 사람끼리 경쟁하고 있지만 미래사회에는 로봇과도 경쟁을 벌여야 하는 날이 올 지도 모릅니다.

● 핵심기술 6. 빅데이터

빅데이터 기술이란,
대용량의 데이터를 수집하고 분석하여 유의미한 정보를 발견해내는 것을 말합니다. 더 자세한 빅데이터 정의는 '4차 산업혁명_빅데이터의 정의, 출현 배경, 특징' 글을 참고해주시길 바랍니다. 빅데이터 기술은 4차 산업혁명 시대, 그러니까 아직 다가오지 않은 시대의 핵심 기술이기는 하지만 우리의 삶에 이미 깊숙이 개입되어 있는 기술입니다.
도로를 점검할 때도 빅데이터 기술을 쓰고 있고요. 여러분이 좋아하는 옷을 만드는데도 빅데이터 기술이 사용되고 있습니다. 또한 영화나 드라마의 흥행을 사전 예측할 때에도 빅데이터 기술이 활용됩니다.
빅데이터 기술이 갈수록 많은 분야에서 활용되는 건 빅데이터 기술의 정확도 때문일 겁니다. 빅데이터 기술은 데이터를 기반으로 결론을 도출하기 때문에 인간의 직감보다 훨씬 정확하게 어떤 현상을 예측할 수 있습니다. 인간이 미래를 예측하는 것은 역사적으로 불가능하다고 믿어져 왔습니다. 하지만 빅데이터 기술이 있다면 역사적 한계를 딛고 모든 것을 정확하게 예측할 수 있는 사회가 올 지도 모르겠습니다.

인공지능, 자율주행, 사물인터넷, 3D 프린팅, 지능형 로봇, 빅데이터 기술을 각각 따로 설명하기는 했지만 사실 이 6가지 기술들은 서로 밀접한 관계를 맺고 있습니다. 한 가지 기술을 제대로 구현하기 위해서는 다른 4차 산업혁명 핵심기술이 반드시 필요합니다. 예를 들어 자율주행차를 구현하기 위해서는 인공지능 기술과 빅데이터 기술, 그리고 사물인터넷 기술이 필요합니다. 밀접한 관련이 있는 6가지 기술들은 앞으로 우리 사회를 모든 것들이 상호 연결되어 있으며, 모든 사물들이 지능을 가진 스마트한 사회로 탈바꿈시킬 것입니다. 초연결사회로 나아가고 있습니다.
초연결사회 (Hyper Connected Society)는 IT를 바탕으로 사람·프로세스·데이터·사물이 서로 연결되어 지능화된 네트워크를 구축하고, 이를 통해 새로운 가치와 혁신의 창출이 가능해지는 사회를 일컫는다. 이러한 초연결사회에서는 모든 사람과 사물이 하나의 네트워크에 상호 연결되어 끊임없이 실시간으로 상호작용이 이루어지고 현실 세계와 사이버 공간이 완전히 하나의 공간으로 융합된 새로운 초융합사회를 구성하게 될 것으로 보입니다.
초연결사회를 구축하는 핵심구성체가 IoT이며, 인간과 사물, 사물과 사물 등으로 연결범위가 확대되고 있습니다. 특히 커넥티드홈(Connected Home), 스마트 미터(Smart Meter), 커넥티드자동차(Connected Car), 스마트 그리드(Smart Grid) 등 IoT 생태계가 성장함에 따라 많은 회사들이 IoT를 이용한 플랫폼과 서비스를 개발 중에 있습니다. 또한 2022년까지 세계 IoT 시장은 연평균 21.8% 성장률을 보이며, 1조 2000억 달러 규모까지 성장할 것으로 전망하고 있습니다. IoT의 영향을 받는 각종 전자기기 및 사물들의 개수도 증가하여 2014년 100억 개의 사물에서 2020년 300억 개의 사물들이 인터넷과 연결되어 사용되는 등 '초연결성'이 미래사회의 가장 중요한 특징으로 등장할 것이라 예측되고 있습니다.

이처럼 IoT 디바이스들을 매체로 하는 초연결사회에서 디바이스의 경량화 및 다양화로 높은 보안 수준의 탑재 어려움, 네트워크 연결된 각 디바이스들 간 보안 수준의 상이함으로 발생하는 전체 시스템 및 네트워크의 보안 수준 하향평준화, 이러한 문제점들로 인한 각종 센싱정보의 유출과 그로 인한 프라이버시 보호 문제가 주요 보안 이슈로 등장하게 될 것입니다.

또한 사이버공간과 물리적 공간의 융합으로 사이버공간상의 위협이 실제 물리적 공간상의 위협으로 확대될 수 있다는 문제점이 새롭게 나타날 수 있습니다.

따라서 초연결사회에서 정보보안은 초경량 디바이스 및 센서 보안을 위한 경량보안기술과 대량으로 생산·유통되는 센싱정보, 특히 개인 프라이버시와 관련된 정보들에 대한 보호 기술 개발이 시급하다.

더불어 모든 사람과 사물이 연결된 초연결 네트워크 환경에서 발생한 사이버위협의 확산을 신속히 탐지·차단할 수 있는 기술개발이 필요할 것이다.

3.3 정보보안 전문가는 정말 유망직종인가요?

희망직업, 유망직종이라하면 보통은 취업이 잘되고 창업을 권하는 사회 분위기가 있어야 합니다. 기업의 움직임이야말로 여러분이 공부하는 정보보안이 왜 유망직종인지를 증명해주고 주고 있습니다.

먼저 지난 10년간 전 세계에서 가장 값비싼(시가총액) 기업 순위의 변화 자료를 보면 ICT 기업의 폭발적인 성장세를 확인할 수있습니다.

[세계 시가총액 5대 기업의 변화]

출처: 4차 산업위원회

2007년	기업명	2017년	기업명
1위	페트로 차이나 (에너지)	1위	애플(ICT)
2위	액슨 모빌(에너지)	2위	구글(ICT)
3위	GE(제조)	3위	MS(ICT)
4위	차이나모바일(ICT)	4위	아마존(ICT)
5위	중국공상은행(금융)	5위	페이스북(ICT)

1위부터 5위까지 기업 모두 우리들이 알고 있는 친숙한 기업입니다. 또한 4차 산업혁명을 주도하는 핵심기술을 사용하고 있습니다.

핵심기술을 이용해 제품을 생산, 판매, 서비스를 제공하기 위해서는 정보보안과 안전이 확보되지 않고는 불가능하기 때문에 이들 기업은 기술력 있는 스타트업을 인수하거나 고급 인력을 스카우트하고 있습니다. 예를 들어 마이크로소프트는 사이버보안 연구개발에 10억 달러를 투자하겠다고 발표한 후 이스라엘 사이버보안 스타트업 헥사다이트를 1억 달러(한화 약 1,100억)에 인수했습니다.

또한 2016년을 기준으로 구글 7개, IBM 12개, MS 13개 등 세계적인 기업들이 보안기업을 인수합병하거나 연구개발에 공동투자하고 있으며 국내에서도 삼성SDS는 시큐아이를 SK는 SK인포섹이라는 보안 기업을 자회사로 운영 하고 있습니다.

삼성, LG처럼 스마트홈을 구성하는 생활밀착형 가전제품을 생산하는 기업 입장에서 보안 강화를 달성하지 못한다면 판매가 어려운 것은 물론 생존을 장담할 수 없게 된 것입니다. 기존 사업영역은 물론 새롭게 진출하는 분야에서도 ICT 기술이 융합되어 있기 때문에 정보보안 인력 채용은 선택이 아닌 필수조건이 되었습니다.

대한무역투자진흥공사(KOTRA, Korea Trade-Investment Promotion Agency)가 발간한 '미국 사이버 보안 시장 동향과 우리 기업 진출을 위한 시사점 보고서'에 따르면 2016년 세계 사이버보안 시장규모는 814억 달러(약 93조원)에 달했고 이는 전년 대비 8% 증가한 것이었습니다. 시장 전망도 연평균 8.1%의 성장률을 지속해 2021년 12,000억 달러(약 137조원)규모로 확대 될 것으로 예측했습니다.

국내시장도 한국인터넷진흥원 조사결과에 의하면 정보보안 기업 매출은 2조 4,318억 원으로 2015년 대비 1.53% 증가했고 2021년까지 3조 9,836억 원 늘어날 것으로 예측하고 있습니다.

기업이 움직이는 곳에 돈이 있고 그 돈을 지속적으로 벌기 위해서는 반드시 인재가 필요합니다. 정보보안 분야가 유망분야라 판단한 교육계 또한 빠른 움직임을 보이고 있습니다. 전문대학, 대학교, 대학원에서 정보보안 관련 학과를 빠르게 개설하고 있습니다. '2018 국가 정보보호 백서'에 따르면 2017년 기준으로 전문대학 19개, 대학교 55개, 대학원 53개 학과 등 총 127개 학과가 운영되고 있어 2016년에 비해 12% 증가했습니다. 대부분 2001년 이후 개설 되었고 2012년부터 급격히 늘어났습니다. 또 직업전문학교, 사설학원들도 정보보안 전문가 양성과정을 개설 하고 국비 혜택과정을 운영하고 있습니다.

한가지 더 확인 해 보면 자격증입니다. CISA, CISSP 등 국제공인자격증에 대해 알고 있을 것입니다. 2013년에 국가기술자격으로 정보보안기사, 정보보안산업기사 자격증이 민간자격에서 국가 자격으로 승격되었습니다.

국가와 기업의 IT 정책은 물론 교육계의 변화에 이르기까지 정보보안이 빠지는 곳이 없습니다. 그만큼 여러분을 위한 준비된 일자리와 창업 시장은 무한히 열려 있습니다. 정보보안 전문가에도전할 가치는 충분히 느끼시겠지요?

3.4 정보보안 전문가의 분류와 역할

2017년 전까지는 우리나라는 정보보안 분야에 대한 명확한 직무 분류 기준이 없었습니다. 그러나 2016년 한국인터넷진흥원(KISA, Korea Internet &Security Agency)이 고용노동부의'2016 국가직무능력표준'수립에 참여해 정보보호 분야 직무를 반영하였습니다. 국가직무능력표준 (NCS, National Competency Standards)은 산업현장에서 직무를 수행하기 위해 요구되는 지식·기술·태도 등의 내용을 국가가 체계화한 것입니다.

2017년부터 적용된 정보보호에 관련된 직무능력표준은 정보보호 관리 운영, 정보보호 진단 분석, 보안사고분석대응, 세 가지 하위분류로 나눠집니다.

[정보보호 직무표준]	
분류	내용
정보보호 관리 운영	자신이 소속된 조직의 정보자산을 운영하는데 필요한 전략과 정책을 수립하고, 관련법과 제도를 준수하는지를 관리하며 위험을 예상한 정보보호대책을 마련하고 실행에 옮기는 일을 합니다.
정보보호 진단 분석	주요 정보자산을 보호하기 위한 물리적, 기술적 인적 영역의 보안 요구사항과 위험에 대해 모의 해킹을 포함한 보안진단, 위험평가를 통해 객관적으로 충족되었는지를 검증하고 부족한 부분이 있다면 보완할 수 있는 보호 대책을 제시하는 등 정보보호 전략을 수행하고 자문하는 일을 합니다.
보안사고 분석 대응	침해사고의 피해확산 방지를 위해 위협정보를 탐지하고 신속한 시스템 복구와 예방정책을 수립하고 침해사고 발생 시 증거물을 확보해 분석하고 대응하는 일을 합니다. 보안관제, 보안로그 분석, 디지털 포렌식 등의 분야입니다.

해외에서도 정보보안 직무를 분류하였습니다. 미국 국립표준연구소(NIST)는 사이버 보안 인력 프레임워크(Cyber security Workforce Framework, 2017)를 통해서 사이버보안 직무와 역할에 대해 정리한 것이 있습니다. 미국 국립표준연구소가 공개한 직무분류가 한국인터넷진흥원이 2014년에 발행한 '정보보호 진로가이드북'의 인력분류와 비슷해 그 내용도 함께 알아보겠습니다. 미국과 한국 모두 정보보호 인력을 일곱 가지로 분류하고 그 기준에 따라 세부 직종과 역할을 제시했습니다.

일곱 가지 분류는 다음과 같습니다.

[정보보호 직무분류 일곱 가지]			
직무분류	1. 개발 (Securely Provision)	2. 사전침투/방어 (Protect and Defend)	3. 사후조사 (Invest gate)
4. 수집/해독 (Collect and Operate)	5. 진단/평가 (Analyze)	6. 관리 (Operate an d Maintain)	7. 감독/총괄 (Oversight and Development)
			美 NIST, 韓 KISA

직무분류 일곱 가지는 어느 분야가 다른 분야보다 우선하거나 중요하다는 것을 의미하지 않습니다. 일곱 가지의 직무분류를 담당하는 전문인력 간 원활한 상호협력과 소통이 이루어 질 때 진정한 의미의 정보보안을 확보할 수 있습니다.
그럼 직무별 대표적인 직업과 그에 필요한 지식, 기술, 능력에 대해서 설명하겠습니다.

1. 개발 (Securely Provision)

개발 분야를 대표하는 직업으로 보안제품 개발자를 들 수 있습니다. 정보를 위협하는 공격과 대규모 피해를 예방하기 위해 정보보안이 필요한 분야에 요구되는 소프트웨어 프로그램을 개발하는 전문가입니다. 정보보호산업과 기술 동향을 미리 파악해 고객이 요구하는 수준에 맞는 보안제품을 기획하고 설계하며 개발하는 전문가입니다.

필요한 지식	현재와 미래에 발생 가능한 보안 위협에 대한 지식
기술	보안 시스템 품질검증 (성능측정 및 보정) 기술
요구되는 능력	●보안시스템 설계/기술/개발에 대한 능력 ●개발된 보안시스템을 고객 환경에 적용할 수 있는 능력 ●네트워크 트래픽 수집/필터링/분석능력 ●보안시스템 가용성 신뢰성 확보를 위한 생명주기 관리 능력 ●이해력, 끈기, 논리적 사고능력, 프로그래밍 기술
준비사항	컴퓨터공학 전공 또는 프로그래밍 기술

2. 사전침투/방어 (Protect and Defend)

사전침투/방어 분야의 대표 직업은 침해사고 대응 전문가로 사이버 공격이 발생했을 때 피해 규모를 최소화하기 위해 시스템을 복구하고 사고사례 보고와 전파를 통해 알리며, 예방 전략을 수립하는 일을 합니다. 보안사고 조사를 위한 도구를 준비하고 신속하고 빠른 사고사례 보고와 전파를 위해 보고문서 양식을 만들어놓습니다. 또 사고 발생 시 즉각적으로 대응하기 위한 적절한 정책과 운용 과정을 미리 준비합니다.

필요한 지식	●정보수집: 생성, 보고, 공유에 관한 방법, 절차, 기술에 대한 지식 ●다양한 사이버 공격(전략, 전술, 기술)에 대한 지식
기술	모의 침투 원칙, 도구, 기술에 대한 활용 기술
요구되는 능력	●시스템, 네트워크, 보안 위협 식별, 도출 능력 ●시스템, 네트워크 비상계획 수립 능력 ●피해 발생 시 복구 능력 ●윤리의식, 강한 의지, 긍정적 마인드
준비사항	네트워크, 시스템, 애플리케이션 등 기반 기술에 대한 완벽한 이해

3. 사후조사 (Invest gate)

사후조사 분야의 대표 직업은 디지털포렌식 전문가로 정보자산을 위협해 보안사고를 발생시키는 요인에 대해서 증거를 수집, 복구, 추적하는 활동을 수행합니다. 사이버 공격 발생 시 저장된 데이터를 면밀히 조사해 공격자를 입증할 수 있는 단서가 될 만한 디지털 자료를 수집합니다. 공격자가 추적을 회피하기 위해 숨기거나 훼손한 흔적도 찾아내 복구할 수 있는 능력을 필요로 합니다. 증거자료를 확보하는 것에 머무르지 않고 분석을 통해 법적 증거자료로 활용 가능한지에 대한 기초적 판단을 할 수 있는 법률적 지식도 있어야 합니다.

필요한 지식	정보이론/디지털 저작권 권리에 대한 지식
기술	정보 유형에 따른 비정상적인 행위에 대한 식별, 확인 기술
요구되는 능력	●정보 추출을 위한 메모리 덤프 추출, 분석, 활용 능력 ●디지털 포렌식 도구 구성, 지원 프로그램 활용 능력 ●다양한 매체로부터 법의학적 관점의 정보를 식별, 추출하는 능력 ●정보변경, 손실과 물리적 손상, 파괴 방지를 위한 증거수집, 포장. 운반, 저장 능력 ●국가관, 사명감, 분석력
준비사항	포렌식 도구 이해와 활용, 형법 및 형사소송법에 대한 이해

4. 수집/해독 (Collect and Operate)

수집/해독 분야의 대표 직업은 악성·코드 분석 전문가로 사이버 공격의 주요 수단으로 활용되는 악성코드를 분석해 감염경로와 치료방법 등을 개발하고 백신 프로그램을 보완하는 일을 합니다. 보안 위협, 보안공격을 심층적으로 분석해 피해 규모와 원인을 정확히 분석하고 대안을 수립해 보안제품에 반영하기도 합니다. 악성코드의 특성과 공격방법을 발견했다면 관련 업계와 사용자에게 미리 알림으로써 공격 발생 이전에 보완하거나 피해 규모를 줄이는 데 기여합니다.

필요한 지식	다양한 운영체제 환경에서의 해킹방법에 대한 지식
기술	사이버 공간에 영향을 미치는 법적, 기술적 동향을 추적, 분석하는 기술
요구되는 능력	●다양한 보안 도구를 활용해 관련 정보를 수집, 융합, 해석할 수 있는 능력 ●전자서명, 악성코드에 대한 해독, 분석할 수 있는 능력 ●암호학, 암호학 알고리즘 지식, 구현능력 ●역공학, 난독학 기술 인지 활용 능력 ●분석력, 꼼꼼함, 강한 의지
준비사항	역공학 기법 이해, 운영체제 작동원리, 프로그램 개발 능력 등

5. 진단/평가 (Analyze)

진단/평가 분야의 대표 직업은 보안 컨설턴트로 개인과 조직이 보유한 정보 자산과 비즈니스 절차에 따른 노출된 위협과 취약점을 분석하여 보안 수준을 파악하고 의뢰인의 요구에 맞는 통합적(물리, 기술, 관리)인 해결책을 제시하는 전문가입니다. 개선방안을 찾아내 그에 맞춘 관리, 기술, 인적 관점에서 적용 가능한 체계를 설계해 문제해결을 도와줍니다.

필요한 지식	●보안시스템 신뢰성, 성능과 연관된 표준지식 ●보안 관리 프로세스, 체계 등과 연관된 표준 지식 ●보안시스템 탐지, 보급에 관한 최신 산업 동향 지식
기술	비즈니스 프로세스와 연관된 위험관리 기술
요구되는 능력	●보안시스템 적합성, 견고성, 무결성 등을 평가할 수 있는 능력 ●경영진 마인드로 경영의 흐름을 읽을 수 있는 능력
준비사항	융합적 사고력, 정보보안 분야의 다양한 경험

6. 관리 (Operate and Maintain)

관리 분야 대표 직업은 보안관리자로 조직관점에서 보안이라는 목적을 달성하기 위해 필요한 정책-관리체계-시스템구축-운영업무를 실질적으로 수행하는 전문가를 말합니다. 정보자산에 대한 보안정책을 수립하고 심의하며 보안성을 검토해 조직 구성원에게 보안 교육을 실시하는 주체입니다.

필요한 지식	●위험허용, 관리절차에 대한 지식 ●보안시스템 구축원칙과 대응방법에 대한 지식 ●조직의 정보보증 원칙과 보안 요구사항에 대한 지식
기술	보안정책에 기반한 위험수용 통제 기술
요구되는 능력	●취약점 식별을 위한 분석 도구 활용능력 ●보안사고 발생 시 대응절차 이행능력 ●보안시스템 구축과 활용능력 ●조직의 보안목적을 반영한 정책을 설계하는 능력 ●꼼꼼함, 창의적 사고, 관찰력
준비사항	IT 기본지식, 보안 솔루션 지식, 보안 관리 및 보안법률에 대한 지식

7. 감독/총괄 (Oversight and Development)

감독/총괄 분야 대표 직업으로는 최고보안관리자 (CIO, Chief Information Officer)가 있으며 조직경영 관점에서 전체적인 보안전략을 총괄하고 운영하며 조정할 수 있는 최고 수준의 전문가를 말합니다. 경영자와 협력해 위험을 완화하고 사고에 대처하며 보안 과정과 정책을 기획, 개발, 관리합니다. 사이버 법 집행, 유관기관과 관계를 형성하고 하위 관리자를 통해 최적의 인적자원과 장비를 사용해 자산을 보장하기 위한 보안 활동을 조정하고 수행합니다.

필요한 지식	●새로운 정보기술, 보안기술에 대한 지식 ●사이버보안 문제를 다루는 외부조직에 대한 지식 ●국내외적 사이버보안 동향 지식
요구되는 능력	●조직 보안사고 대응체계 구축 능력 ●관리적 보안 설계 능력 ●IT 전반의 기술적 보안에 대한 이해능력 ●리더십, 논리력
준비사항	정보보안 컨설팅, 논리적 사고 훈련, 다양한 정보보호 기술과 관리 경험

지금까지 정보보안 전문가 분류를 알아보았습니다. 이제부터는 실제 하는 일이 무엇인지 알아보겠습니다.

[세부 직종과 역할]		
직무 분야	직종(직업)	세부 역할(하는 일)
개발	보안SW분석, 설계 전문가	보안SW와 시스템개발을 위한 요구사항을 분석하고 이를 해결하기 위한 계획과정을 수행
	보안SW 개발자	보안SW 시스템 구현과 함께 이와 연관된 프로젝트 관리
	보안제품 기술자	개발된 정보보호 시스템에 대한 품질을 보증하는 기술지원수행
	보안제품 기술자	정보보호 시장분석을 통해 새로운 시장과 고객을 발굴하고 그들의 요구에 맞는 시스템 구축방안을 제시
사전침투/방어	보안관제 요원	정보자산 위협요소를 실시간으로 탐지하고 공격 발생 시 대응팀과 협조해 보안 위협에 대응
	취약성 분석 전문가	정보자산의 취약점을 확인하고 위협을 감소키는 방법을 도출
	모의 해킹 전문가	개인이나 조직 등 의뢰인으로부터 허가를 받고 정보자산을 대상으로 침투 가능성을 진단
사후조사	사이버범죄 수사관	사이버범죄에 대한 증거자료를 확보해법적인 수사를 집행
	디지털포렌식 전문가	위협분석 요인에 대한 증거를 수집하고, 변형 또는 훼손한 증거는 복구, 추적하는 활동 수행

수집/해독	암호해독 전문가	중요정보를 암호화 하거나 암호화된 정보를 해석
	악성코드 분석 전문가	새로운 악성코드를 분석해 감염경로 치료방법 등을 개발하고 백신 프로그램에 반영하는 업무 수행
진단/평가	정보시스템 감리사	시스템을 대상으로 효율성, 안정성 등을 평가
	보안관리 컨설턴트	정보자산의 보안수준을 고려해 관리적인 보안 해결책을 제시
	정보시스템 보안감사	시스템의 보안상태가 조직 또는 정부가 요구하는 사항을 충족하는지 검증
	보안 기수 컨설턴트	정보자산의 보안수준을 고려해 기술적인 보안 해결책을 제시
	보안제품 인증 전문가	출시된 또는 출시예정인 보안제품이 적절한 보안성을 갖췄는지 평가
	보안 관리 인증 전문가	조직 수준의 정보보호 관리체계가 통제항목을 충족하는지 평가
관리	보안시스템 관리자	보안시스템을 사고와 장애 발생 없이 안정적으로 구축, 운영, 유지
	정보시스템 관리자	시스템(네트워크) 운영, 관리

	개인정보보호 관리자	개인정보보호를 위한 정책개발, 법제도 준수 여부, 보안 관리 활동에 대한 책임
	DB 관리자	업무상 발생 된 모든 정보를 대상으로 통합적 보안 통제를 수행
	보안지식 관리자	정보생애주기(생성, 활용, 폐기)관리
감독/총괄	보안 관리 기획자	조직 목표에 부합된 보안정책과 추진전략 수립
	개인정보보호 전문가	조직의 개인정보보호 수준을 평가하고 법 제도를 준수하는 대책 제시
	보안 전문 교수	보안에 특화된 학문적 지식과 역량을 보유
	보안교육 전문가	정보보호 인식 제고를 위한 교육프로그램을 설계, 운영
	보안 전문 기자	보안에 특화된 기사를 수집하고 보도
	보안 전문 검사(변호사)	보안사고와 관련된 법률적 지식을 보유
	국제 보안 전문가	국가 간 상호운영성이 확보될 수 있는 표준화 업무수행
	준법 감시자	조직의 보안 관련 법규 준수 활동을 설계, 운영, 평가

지금까지 직무능력표준 세 가지, 직무분류 일곱 가지, 직종은 서른 가지를 알아보았습니다. 정보보안 분야의 확장성과 발전 가능성을 생각해본다면 앞으로 더 세분화되고 다양한 직종이 생겨날 것입니다.

여러분에게 유망직종이고 취업 전망이 좋아서 정보보안 전문가에 도전하라고 권하고 싶지는 않습니다. 나와 가족, 사회, 국가를 지키고 보호하는데 정보보안이 중요한 영역이고 아직 그 부분을 충분히 채울 만큼의 인력수급이 원활하지 않기 때문에 사명감과 윤리의식을 갖춘 여러분이 정보보안 분야의 뛰어난 인재로 거듭나기를 기원합니다.

PART 4
어디에서 배우나요? 진학 정보 알려주세요

4.1 정규교육과정

- 고등학교: SW 마이스터고
- 대학교: SW 중심대학, 정보보호특성화대학
- 대학원: 정보보호 고용계약형 석사과정

4.2 비정규교육과정

4.3 우리에게는 해킹방어대회와 공모전이 있다.

4.4 자격증에 대해서 알려주세요.

4.5 정부 지원 정보보호 동아리에서 활동하자.

4.1 정규교육과정

정규교육과정이란 초등, 중등, 고등, 대학, 대학원 과정을 의미합니다. 우리는 이 과정을 거치면서 사회성과 협동심을 기르고 사회인으로 갖추어야 할 직무능력 향상 시켜 사회에 진출합니다. 정보보안 분야도 마찬가지입니다. 이러한 과정을 통해 전문가로 거듭나는 것입니다.

이번 장에서는 정보보안 전문가의 꿈을 키울 수 있는 정규교육과정을 알아보겠습니다.

● 고등학교: SW 마이스터고 중심으로

극심한 청년 취업난으로 인해 고등학교 진학에 있어 이전보다 더 많은 사람들이 인문계보다 직업교육을 전문으로 하는 특성화·마이스터 고등학교를 선호하고 있는 추세입니다. 학생들의 소질과 적성을 감안해 철저한 직업교육을 한 덕에 교육수준이 높고 덩달아 취업까지 잘되기 때문입니다.

얼마 전 중학교에서 진로 멘토링으로 [IT 정보보안]이라는 주제로 강연을 하였습니다. 그때도 많은 학생들이 참여 했고 질문도 많았습니다. 이렇게 진학과 취업을 동시에 해결할 수 있는 방법이 SW 마이스터고와 IT 특성화고등학교입니다.

현재 우리나라는 SW 인력 부족 현상이 있습니다. 이러한 문제를 해결 하고자 고등학교부터 SW 전문인력 양성을 위한 학교를 지정해 운영하고 있습니다.

SW 마이스터고는 과학기술정보통신부와 교육부가 2013년 협약을 체결해 만든 고등학교로 2019년 기준 전국에 3개 SW 마이스터고가 학생을 선발해 산업 맞춤형 SW 실무인력을 양성하고 있습니다.

SW 마이스터고 모집현황 (2019년 기준)			
구분	대덕 SW 마이스터고	대구 SW 마이스터고	광주 SW 마이스터고
마이스터고 지정	2014년 4월	2014년 12월	2015년 11월
개교	2015년 3월	2016년 3월	2017년 3월
입학경쟁률 (1기)	4.61:1	2.5:1	3.6:1
취업률(1기)	92%	96.5%	2020년 2월 1기 졸업예정
전공학과	SW개발과 임베디드SW과 정보보안과	SW개발과 임베디드SW과	SW개발과 임베디드SW과
모집인원	80명	60명	80명

대덕 SW 마이스터고뿐만 아니라, 2019년 2월 첫 졸업생을 배출한 대구 SW고는 삼성전자, 대구은행, 마이다스아이티와 같은 유수 기업은 물론 해외기업에도 취업이 확정되어 졸업생들의 뛰어난 능력을 인정 받고 있습니다.

3개 학교 모두 1학년은 전공을 선택하기 전에 자신의 적성을 탐색하고 성취도를 확인해 보는 공통과정을 거치고 2학년부터 전공에 따라 체계적인 학습과 실무를 경험하게 됩니다. 전공학과를 소개하겠습니다.
각 전공 소개 및 직무는 1호 SW 마이스터학교인 대덕 SW 마이스터고등학교의 내용을 참조 해서 소개하겠습니다.

1. 소프트웨어학과

1) 교육목표

SW에 대한 기본적인 이해를 바탕으로 SW 개발 도구 및 기법을 활용하여 SW 분석, 설계, 구현시험, 유지/보수 등의 업무를 수행할 수 있는 응용 SW 개발자 양성을 목표로 한다.

2) 소프트웨어개발과의 직무

(1) SW 분석

시스템 환경 분석	경영환경 이해, SW 기술환경(Trend)이해, 시스템 (HW, SW, NW) 현황에 대한지식을 습득하고 자료수집 및 분석, 인터뷰, 시스템 현황 분석보고서 능력을 기른다.
요구 사항 분석	요구사항 관리기법을 이해하고 자료조사, 인터뷰, 요구사항 분석서 작성, 과업지시서 이해능력 능력을 기른다.
도메인 분석	회사의 업무특성을 이해하고 자료조사, 인터뷰, 도메인 분석능력을 기른다.
기능 프로세스 분석	업무 프로세스 분석기법에 대한 지식을 습득하고 업무 프로세스 분석능력을 기른다.
데이터 분석	데이터 분석기법, 모델링 기법에 대한 지식을 습득하고 데이터 분석능력, 데이터 모델링 능력을 기른다.

(2) SW 설계

프로세스 설계	업무기능 및 프로세스 설계기법에 대한 지식을 습득하고 업무기능 분해도 작성 능력, 업무 프로세스 체계정비, 업무흐름도 작성 능력, 메뉴체계 작성능력을 기른다.
데이터 설계	데이터 설계기법, 데이터 마이그레이션 설계 기법에 대한 지식을 습득하고 데이터 모델링(개념, 논리, 물리) 설계 능력, 데이터 마이그레이션 설계 능력을 기른다.
화면(UI, UX) 설계	UI/UX 설계기법에 대한 지식을 습득하고 화면체계 설계능력, 화면디자인 능력을 기른다.
인터페이스 설계	인터페이스 설계기법 지식을 습득하고 인터페이스 설계 능력을 기른다.

(3) SW 구현

기능(모듈) 구현	플랫폼, 프레임 워크, SW 구현 패턴, 프로그래밍 언어에 대해 이해하고 Coding, SW 컴파일, Debugging에 대한 기술을 습득한다. 데이터베이스 구현
데이터베이스 구현	SQL, DB(+RDBMS)에 대한 지식과 SQL 명령어, DB Connection에 대한 기술을 습득한다.
화면 구현	화면구현 도구를 이해하고 화면구현 능력, 디자인 능력을 기른다.
인터페이스 구현	플랫폼 프레임 워크, 프로그래밍 언어, 연동기술을 이해하고 연동기술 구현능력, 인터페이스 도구 사용 능력을 기른다.
시스템 통합	구축된 시스템(모듈)간의 특성과 상호작용에 대한 이해를 하고 시스템통합 계획 수립 능력, OS 네트워킹 능력을 기른다.

(4) SW Test (시험)

단위 테스트	보안솔루션 아키텍처, 보안솔루션 활용 가이드, BenchMarking 방법, 솔루션 분석능력 평가지침에 대한 지식과 그에 대한 기술을 습득한다.
통합 테스트	통합 테스트 이해, 통합 테스트 기법에 대한 지식과 통합 테스트 케이스 (상황) 작성 능력, 통합 테스트 시나리오 작성 능력을 기른다.
시스템 테스트	시스템 테스트 이해, 시스템 테스트 기법에 대한 지식과 시스템테스트 케이스(상황) 작성 능력, 시스템 테스트 시나리오 작성 능력을 기른다.
인수 테스트	인수 테스트 이해, 인수 테스트 기법에 대한 지식과 인수 테스트 케이스(상황) 작성 능력, 인수 테스트 시나리오 작성 능력을 기른다.

(5) SW 유지보수

서비스 요청 관리	요구사항 기법, 요구사항 분석, 규모 산정에 대한 지식과 규모 산정 기술, 개발계획 수립 능력, 요구사항 도출능력, 요구사항 정의 능력을 기른다.
프로그램 변경 관리	개발언어, 데이터베이스, 형상관리 기법 (변경관리)에 대한 지식과 프로그램 수정(개발), 버전 관리 기술, 문서관리 능력을 기른다.
형상통제 (배포관리)	형상관리 기법 (형상 통제, 배포관리), 형상통제 절차에 대한 지식과 형상변경 검토 능력, 형상통제 능력(배포관리 승인절차)을 기른다.
SW 품질 관리	SW 품질관리 개념, SW 품질관리 절차 기법 및 도구(표준 이해)에 대한 지식과 SW 제품 점검, 개발산출물 점검능력을 기른다.
문제(Risk) 관리	SW 문제/이슈 이해, SW 진단기법 이해, SW 평가방법 이해, 위험관리 개념 및 절차 이해에 대한 지식과 근본 원인 분석능력, 문제해결 능력을 기른다.

2. 임베디드 소프트웨어학과

1) 교육목표

SW 및 HW에 대한 기본적인 이해를 바탕으로 임베디드SW 구현을 위한 펌웨어/OS 시스템/플랫폼/응용 SW의 개발, 시험, 유지·보수를 수행할 수 있는 임베디드SW 개발자 양성을 목표로 한다.

2) 임베디드 소프트웨어과의 직무

(1) 펌웨어 개발

시스템 분석 및 기능 정의	논리회로, 반도체/전자소자, 마이크로프로세서, 주변 장치 동작, 설계도면, 임베디드 시스템, 메모리에 대한 지식을 습득하고 논리회로 분석, 데이터 시트 분석, I/O(입/출력) 제어능력을 기른다.
구조 설계 및 코딩	모듈 간의 상호프로세스, 프로그래밍 언어, 알고리즘, 개발 툴 사용법, 개발 환경에 대한 지식을 습득하고 모듈 작성, 개발 툴 사용, 소스 코드 작성, 라이브러리 사용, 개발 환경 구축 능력을 기른다.
통합시험 및 검증	디버깅 기능, 단위 테스트, 코드 분석, 통합 테스트에 대한 지식을 습득하고 디버깅 작업, 단위 테스트를 위한 테스트, 케이스 작성, 성능 테스트, 부하 테스트 등 구현 능력을 기른다.
운용지침서 작성 및 유지 보수	문서작성 프로그램, 사용 방법, 버전 관리, 기술 문서작성 방법 습득에 대한 지식을 습득하고 문서작성 프로그램, 버전 관리 방법 구현, 기술 문서 작성, 기술 문서 작성 표준 설정 능력을 기른다.

(2) OS 시스템 개발

H/W 분석	논리회로, 메모리에 대한 지식을 습득하고 논리회로 분석 기술 능력을 기른다.
부트 로더 (boot loader) 포팅	메모리/플래쉬, 전원관리, A·P, C언어 어셈블리어에 대한 지식을 습득하고 교차개발 도구, 소스 분석하기, 전원 관리하기, 개발환경구축 능력을 기른다.
커널포팅	운영체제, 리눅스, RTOS, A.P.C (어플리케이션 프로세서)에 대한 지식을 습득하고 커널 구조분석하기, C 코딩, 개발표 활용 능력을 기른다.
디바이스 드라이버 개발	OS, D.D 데이터 시트, 논리회로, D.D 동작 원리에 대한 지식을 습득하고 디바이스 드라이버구조 이해, 디바이스 동작 이해, 개발tool, C 코딩 능력을 기른다.
통합 테스팅	OS, 테스트 tool, 테스트 방법론, 기술문서 작성법에 대한 지식을 습득하고 기술문서 작성, 디버깅 사용, 프로세서 동작 특성에 대처 능력, 문제 발생 대응기술 능력을 기른다.
유지 보수	OS 시스템, C언어에 대한 지식을 습득하고, 소통 능력, 기술 스펙 작성 능력, 설계 산출 분리능력, 포트 능력을 기른다.

(3) 플랫폼개발

플랫폼 Frame work 분석 및 이해	안드로이드 구조, 안드로이드 프레임웍, 소스분석도구, C, Java, C++의 지식과 안드로이드 동작 이해, 소스 분석 도구 사용에 대한 기술을 습득한다.
플랫폼 포팅	리눅스, 안드로이드 구조, C, C++, Java, Tool chain에 대한 지식과 툴체인 활용, 에디터 사용, 리눅스 tool 활용에 대한 기술을 습득한다.
라이브러리 개발	리눅스 Device Driver, 안드로이드 구조, C, C++, Tool chain에 대한 지식과 리눅스 Device Driver 활용하기, 리눅스 이해, 에디터 활용, 리눅스 Tool 활용에 대한 기술을 습득한다.
디바이스 구현	안드로이드 구조, C++, Java에 대한 지식과 안드로이드 포팅, 라이브러리 개발, C, C++ 코딩, 안드로이드 프레임웍 구조 분석에 대한 능력을 기른다.
통합 테스팅	리눅스, 안드로이드, 테스팅 툴 지식, 테스팅 방법론에 대한 지식과 리눅스 시스템, CTS 풀, 테스팅 툴 활용, 리포팅에 대한 기술을 습득한다.

(4) 임베디드 응용 SW 개발

요구사항 분석	OS관련지식(Windows, UNIX, LINUX), 임베디드 모듈이해, 프로그래밍언어론, DB관련지식, 네트워크 관련지식(TCP/IP, ftp, smtp, IPX/SPX), 보안(백신,해킹,방화벽)에 대한 지식과 그에 대한 기술을 습득한다.
설계	S/W 구현, S/W 구현의 원칙과 전개, 언어의 소개, 구성 요소, 컴파일러 정의, 연산자와 산술, 마이크로프로세서에 대한 지식과 파일러 활용, S/W 구현, 프로그래밍코딩, 네트워킹 설계/구현 및 분석, 마이크로프로세서 설계 및 구현 능력을 기른다.
SW 개발 (코딩)	개발 환경에 대한 기초지식, 교차 개발 환경 구축, SW 구현 기본 개념, 코드 작성 기법, 프로그래밍 언어 기본 개념, SW 컴파일, 개발 도구 활용 이해, 디버그의 개념, 디버거 활용, SW 구현 참조 기술, 임베디드 OS, 주변 기기(HW), 네트워크 환경, 보안 환경에 대한 지식과 개발 환경세팅, SW 구현, 프로그래밍 언어 활용, 개발 도구 활용, 디버거 활용에 대한 기술을 습득한다.
통합 테스팅	SW 테스트 기본 개념, SW 테스트 도구, 테스팅 대상에 대한 이해(전체 시스템, HW, 주변 기기 등), 테스팅 기법, 테스팅 시나리오 이해, 테스트 케이스 활용에 대한 지식과 SW 테스팅, 단위 테스팅, 통합 테스팅 능력을 기른다.
운용지침서 작성 및 유지보수	문서(운용지침서)작성의 이해(작성 목적, 작성 방법 및 절차 등), 기술설명문서 작성, 문서작성 도구, 시스템 백업 관련 지식(백업 및 응급 복구 등)에 대한 지식과 기술문서(운용 지침서) 작성, 시스템 관리 및 유지보수 능력을 기른다.

(5) 테스팅/디버깅

테스트 시나리오 추출	테스트 정의, 테스트 필요성, 테스트 프로세스, 테스트 단계, 테스트 유형, 대상 장비에 대한 이해에 대한 지식과 S/W, H/W 이해, 테스트 시나리오, 문서 작성, 테스트기법에 대한 기술을 습득한다.
테스트 프로그램 개발/도구 사용	도구 사용 방법, 테스팅 H/W, S/W 이해, 프로그래밍 언어, 기능 및 성능에 대한 지식과 프로그래밍 언어, 지원 도구, 프로그래밍 환경 세팅에 대한 기술을 습득한다.
테스트 (단위/통합/ 시스템)	테스팅 기법 이해(정적, 동적, 구조기반), 테스팅 시나리오에 대한 지식과 테스킹 기법 활용, 시나리오 수행, CASE 도구 활용에 대한 기술을 습득한다.
문제점 분석 및 보완	테스트 시나리오, 기능별, 유형별 정상 작동 여부 판단에 대한 지식과 기능별, 유형별 정상작동여부 확인, 오류 사항에 대한 보완사항, 작성에 대한 기술을 습득한다.

3. 정보보안과

1) 교육목표

보안에 대한 기본적인 이해를 바탕으로 보안정책을 수립하고 정보자산에 대한 위험평가 ·관제 및 감사를 관리적, 물리적, 기술적인 관점에서 하며 정보보안 업무를 수행하는 정보보안 전문가 양성을 목표로 한다.

2) 정보보안과 직무

(1) 보안 기획

내부&외부 환경분석	보안 일반, 경영전략, 정보기술전략, 시장 트렌드 분석, 선진사례 분석, 보안표준(ISO27001, ISMS, PIMS), 법제도, IT 컴플라이언스 (IT Compliance), 보안 거버넌스(Governance)에 대한 지식을 습득하고 경영전략 분석능력, 의사소통능력, 컨설팅능력, 논리적 사고 능력을 기른다.
보안목표 수립	목표관리, 성과관리, 통계 지식에 대한 지식을 습득하고, 의사소통능력, 문서관리능력, 통계 자료분석기술 능력을 기른다.
보안계획 수립	일정 관리, 프로젝트관리, 업무 프로세스, 보안조직, 보안 역할 및 책임에 대한 지식을 습득하고, 의사소통능력, 문서작성능력을 기른다.

(2) 위협평가

자산식별	BCP(Business Continuity Planning), 업무 프로세스, 가치평가, 자산분류체계에 대 한 지식을 습득하고, 업무분석능력, 커뮤니케이션, 문서작성능력을 기른다.
자산분석	BCP(Business Continuity Planning), 업무 프로세스, 가치평가, 자산분류체계에 대한 지식을 습득하고, 업무분석능력, 커뮤니케이션, 문서작성능력을 기른다.
취약점 도출	BCP(Business Continuity Planning), 업무 프로세스, 위험관리론, 위험관리기법에 대한 지식을 습득하고, 업무분석능력, 커뮤니케이션, 문서작성능력을 기른다.
위험분석 및 평가	BCP(Business Continuity Planning), 업무 프로세스, 위험관리론, 위험관리기법에 대한 지식을 습득하고, 업무분석능력, 커뮤니케이션, 문서작성능력을 기른다.

(3) 보안 실행

보안 일반	인증, 접근통제, 전자서명, 암호/해쉬(HASH), 디지털포렌식(Digital Forensic)의 지식과 그에 대한 기술을 습득한다.
서버 · OS 보안	운영체제 일반, 클라이언트 보안, 서버 보안에 대한 지식과 그에 대한 기술을 습득한다.
네트워크 보안	네트워크 일반, 네트워크 장비 활용 보안, 네트워크 기반 공격 이해, 네트워크 보안 동향에 대한 지식과 그에 대한 기술을 습득한다.

(4) 보안관제 및 운영

보안솔루션 평가 및 사용	보안솔루션 아키텍처, 보안솔루션 활용가이드, BenchMarking 방법, 솔루션 분석능력 평가지침에 대한 지식과 그에 대한 기술을 습득한다.
모니터링	모니터링기준 및 매뉴얼 지침, 보안솔루션 활용가이드, 모니터링 주기 및 결과, 모니터링 방법에 대한 지식과 그에 대한 기술을 습득한다.
침해사고 분석 및 대응	침해사고 분석 절차, 침해사고 대응 방안, 침해사고 대응 매뉴얼, 침해사고 분석 가이드, 모니터링 결과에 대한 지식과 그에 대한 기술을 습득한다.

(5) 보안감사

보안감사 기획	보안 관련 법규, 지침, 기획서 작성기법, 보안감사 기준 및 절차, 보안감사 방법론, 감사 매뉴얼에 대한 지식과 그에 대한 기술을 습득한다.
보안 진단	보안 진단 매뉴얼, 보안 관련 법규 및 지침, 보안 진단 기준 및 절차, 보안감사 방법에 대한 지식과 그에 대한 기술을 습득한다.
보안감사 결과보고	보안감사결과, 보안진단도구 활용법, 보안진단결과보고, 보안감사기준 및 절차, 보안감사 방법에 대한 지식과 그에 대한 기술을 습득한다.
시정조치 확인	시정조치결과, 시정조치 결과 작성법, 시정조치 절차 및 방법에 대한 지식과 그에 대한 기술을 습득한다.

입학생은 학비 (수업료+입학금)무료, 기숙사 제공, 개인별 노트북 지급, 우수학생 대상 국내외 연수, 중소기업 취업 시 산업기능요원으로 대체 복무하는 등 다양한 혜택을 누릴 수 있습니다. 높은 취업률과 실무경험을 일찍부터 할 수 있어 그 인기는 계속 될 것으로 보입니다.

특성화고등학교는 1998년 3월에 개정 및 공포된 초·중등교육법 시행령 제91조에 따라 운영되는 대한민국의 고등학교의 한 형태로 특정 분야 인재 및 전문 직업인 양성을 위한 특성화 교육과정을 운영하는 학교입니다. 특정 분야의 전문 고등학교와 대안학교의 형태로 운영되고 있으며 2012년 이후 모든 전문계고가 특성화고등학교로 통합되었습니다.

제조, 전기, 자동차, 공업, 해운 등 다양한 특정 분야를 가르치는 고등학교가 전국적으로 500여 개 가까이 존재합니다. 전국의 많은 특성화고등학교에 정보보안 관련 전공이 있습니다. 선린인터넷고 정보보호과, 계룡디지텍고 해킹보안과, 동일공업고 컴퓨터미디어보안과 등이 있습니다. 한세사이버보안고는 정보보안분야 특성화고등학교로 지정되어 운영되고 있으며, 중학생을 대상으로 한 정보보안 콘테스트를 개최하는 등 보안전문가의 꿈을 키울 수 있는 환경구축에도 앞장서고 있습니다.

특성화고 학생은 학교와 기업을 오가며 현장실무교육을 통해 기업이 선호하는 인재로 거듭날 수 있으며 국가장학금 지원 혜택은물론 특기를 살린 군 대체복무(산업기능요원, 특기병)를 할 수 있습니다.

또한 특성화 졸업 후 3년 이상 관련 기업에서 근무 했다면 대학진학 희망 시 수능시험 없이 재직자 특별전형으로 입학도 가능해집니다.

전국에 산재한 특성화고, 마이스터고에 대학 모든 정보는 교육부 특성화고&마이스터고 포털 www.hifive.go.kr에 접속하면 지원 자격, 원서접수 일자 등 자세한 사항을 알 수 있습니다.

● **대학교: SW 중심대학, 정보보호특성화대학 중심**

'2018 국가정보보호백서'에 따르면 2017년 기준으로 전문대학 19개, 대학교 55개, 대학원 53개 학과 등 총 127개 학과가 운영되고 있어 2016년보다 12% 증가했으며, 최근 정보보호의 중요성에 대한 인식이 높아짐에 따라 정규 교육기관의 정보보호 관련 학과 개설도 지속적으로 증가하고 있습니다.

2017년에 전문대학 이상 정규 교육기관의 재적 학생 수는 10,208명으로 전년과 유사한 수준(2016년 재적인원 10,284명)으로 유지되고 있습니다. 또한 2017년에 정규 교육기관이 배출한 정보보호 인력은 총 1,469명으로, 전문대학 239명, 대학 887명, 대학원 343명입니다. 전문대학의 경우 배출 인원이 약 38%, 대학은 약 31%, 대학원은 약 10% 증가하였으며 전체적으로 전년 대비 약 26% 증가(2016년 배출 인원 1,158명)했습니다.
지금부터는 대학교에서 정보보안을 전문적으로 배울 수 있는 SW 중심대학과 정보보호특성화대학을 소개하겠습니다.

1. SW 중심대학

SW 중심대학은 2015년부터 산업현장의 요구를 반영하여 대학 SW 교육을 혁신함으로써 국가·기업·학생의 경쟁력을 높이고, SW 가치 확산을 선도하는 대학으로 '15년도에 8개 대학 선정을 시작으로 매년 SW 중심 대학을 확대하고 있으며 2019년 5개 대학을 신규로 지정하여 총 35개 체제로 확대되었습니다.

SW 교육에 대한 관심이 커지고 정부 예산 지원 혜택이 있어서 SW 중심대학에 선정되려는 대학교 간에 치열한 경쟁을 보이고 있으며 이러한 경쟁에서 이긴 대학이 'SW 중심대학' 타이틀을 확보하는 것입니다.

[SW 중심대학 선정 현황]

2019년 기준

선정 년도	대학명
2019년 (5개교)	대구카톨릭대, 안동대, 연세대(원주), 이화여대, 충북대
2018년 (10개교)	건국대, 한양대(에리카), 숭실대, 강원대, 한림대, 동명대,선문대,우송대, 원광대, 제주대
2017년 (6개교)	중앙대, 경희대, 단국대, 광운대, 한동대, 조선대
2016년 (6개교)	KAIST, 한양대, 동국대, 국민대, 서울여대, 부산대
2015년 (8개교)	고려대, 서강대, 성균관대, 세종대, 아주대, 경북대, 충남대, 가천대
계	35개교

선정된 대학은 SW 교육을 강화하기 위해 유사학과의 통합, 단과대학 신설, 교육센터 설립 등 효율적인 학제개편을 시행하며 현장 전문가를 산학협력중점교수로 채용해 경험과 노하우를 전수하게 됩니다.

전공자는 이론과 실전 모두를 얻어갈 수 있는 SW 전문교육을 통해 실무형 인재로 거듭나게 되며, 비전공 학생들에게도 각 학과의 전공별 특성과 융합할 수 있는 SW 기초교육을 통해 기본소양을 겸비한 인재로 양성시킵니다. 전공과 관계없이 전교생이 SW와 관련된 교과목을 필수로 들어야 합니다.

또한 대학이 위치한 지방자치단체, 유관기관과 연계해 그 지역 학생, 학부모, 일반인을 대상으로 SW 캠프와 경진대회를 열어 SW 교육의 중요성과 가치를 일깨우는 역할도 하고 있습니다.

단순히 수능성적만 보는 것이 아니라 재능과 열정을 위주로 입학 사정을 실시하는 'SW 특기자 전형'을 도입해 우수한 인재를 선발할 수 있으며 특별전형으로 합격한 신입생들은 학교마다 차이는 있지만 등록금 면제, 기숙사 입실보장 등 지원 혜택을 누릴 수 있습니다.

2. 정보보호특성화대학

정보보호특성화대학은 정보보호 우수인력 양성을 위해 정보보호 관련 특성화 교육체계를 갖춘 정규대학 또는 학과를 선정해 연간 5억 원씩 최대 6년간 지원하는 사업으로 산업현장이 원하는 실무형 전문인력을 지속적으로 육성하는 것이 목표입니다.
선정된 대학은 지원받은 예산을 활용해 산업계 수요를 반영한 교과개발, 교육환경 구축, 산학협력중점교수 채용 등 정보보호 교육의 질을 높이기 위한 활동에 역량을 집중하게 됩니다.
또한 신입생 선발 과정에서 수능성적과 관계없이 정보보호 분야에 대한 재능과 경험을 지닌 학생을 뽑을 수 있도록 제도적으로 보장받고 있습니다.

[정보보호특성화대학 선정 현황]
2019년 기준

선정 년도	대학명
2016년 (1개교)	충북대학교
2015년 (3개교)	고려대학교, 아주대학교, 서울여자대학교
계	4개교

● 대학원: 정보보호 고용계약형 석사과정 종료, 그리고 새로운 준비

양질의 보안 인력을 양성하고, 해당 인력이 보안기업에서 일할 수 있도록 2009년부터 10년 간 진행해온 '정보보호 고용계약형 석사과정 지원 사업'이 2018년 종료되었습니다.
과학기술정보통신부(구 미래창조과학부)와 한국인터넷진흥원이 확대되는 정보보호 시장과 기업의 수요에 맞는 고급인력을 양성하기 위해 진행한 정보보호 고용계약형 석사과정 지원 사업은 대학과 기업들이 컨소시엄을 구성해 석사과정을 개설하면 정부가 이를 지원하는 사업입니다. 정보보호 기업의 인력 수요가 높은 금융보안, 산업보안, 지식서비스보안, 클라우드 컴퓨팅 보안 등이 주로 지원되었습니다
2년간 등록금 전액과 연구비를 지원받으며 교육을 받아 석사학위를 취득한 인재들은 2년간 의무적으로 참여기업에 취업해 정보보호 실무를 담당해야 했고 또 방학 기간에는 관련 기업체에서 인턴십으로 현장 실무 능력을 키워나갈 수 있으며, 산학협력 프로젝트 참여와 국내외 학회 참석, 연구논문 발표와 해외연수 등의 혜택도 받을 수 있었습니다.

[정보보호 고용계약형 석사과정 참여 대학]		
대학명	전문분야	지원 인원 (2009~2017년, 누적치)
건국대학교	IT 융합 보안	21
고려대학교	금융보안	85
단국대학교	소프트웨어보안	39
동국대학교	사이버 모바일 보안	88
상명대학교	사이버 경영 보안	42
성균관대학교	플랫폼보안	15
순천향대학교	융합 보안	31
숭실대학교	모바일 보안	22
아주대학교	모바일 보안	121
연세대학교	지식서비스보안	45
조선대학교	융합 보안	11
중앙대학교	산업융합 보안	21
충북대학교	정보보호경영	48
합계	2017년 참여대학: 12개 ※2009~2017년 참여대학: 13개 (누적치) ※사업 종료 대학: 연세대 (2015년 종료)	589

2017년 11월 보안뉴스는 보도를 통해 고용계약형 석사과정 사업종료 전하였습니다. 기사는 새로운 정부 출범과 정보보호 산업환경 변화에 발 맞춰 기존 제도를 재검토해 지원할 것으로 분석했습니다. 저 또한 인력양성의 중요성과 시급함에 대해서는 모두의 공감대가 형성되어 있기 때문에 빠른 시일 내에 지원 사업이 재개될 것으로 판단하고 있습니다.

정규교육과정에서 정보보안을 배우고 익힐 수 있는 제도와 정책을 설명했습니다. 우리나라는 2018년부터 SW 교육 의무화 정책이 시행되고 있습니다. 중학교는 2018년부터 '정보' 과목에서 34시간 이상, 초등학교는 2019년부터 5~6학년 대상 '실과' 과목에서 17시간 이상 SW 교육을 필수적으로 이수해야 합니다.
또 초등학교, 중학교를 다니면서 SW에 흥미를 갖고 유지 할 수 있도록 SW 영재학급과 SW 교육선도학교를 운영하고 있습니다.SW 교육 선도학교는 소프트웨어 교육프로그램이 초중고등학교 현장에서 거부감 없이 스며들도록 하고 우수한 교육사례를 발굴, 확산시키는 것을 목표로 운영 중인 제도입니다. 이처럼 한 명의 정보보안 전문가를 키우기 위해서 초중고, 대학, 대학원까지 다양한 제도를 운영하고 있습니다. 여러분도 차근차근 제도를 이수해 나감으로써 정보 강국 대한민국의 희망이 되기를 기원합니다.

4.2 비정규교육과정

학문적으로 정립된 정보보호와 관련된 이론과 기본기를 다듬는 데 중점을 두는 정규교육과정과는 다르게 현장에서 바로 활용 가능한 기술을 배우고 실무경험을 축적하는데 중점을 둔 곳이 비정규교육기관입니다. 정보보안 분야에서 이름 있는 비정규교육은 정부가 학교나 정부산하기관을 전문교육기관으로 지정해 운영하고 있습니다. 정부 예산이 지원되는 만큼 강사의 역량과 교육의 질이 우수하고 최신 실습 기자재를 다룰 수 있는 교육 환경을 제공합니다. 지금부터 대표적인 교육프로그램을 알아보도록 하겠습니다.

● 중학생부터 고등학생까지 재능이 뛰어난 인재를 조기 발굴해 잠재능력을 깨워주기 위한 '정보보호 영재교육원'

정보보호의 중요성이 날로 커지면서 가장 큰 애로사항으로 꼽히는 것 중 하나가 바로 전문가 부족 현상입니다. 정보보호 영재교육원은 정보보호에 재능이 뛰어난 중·고교생을 대상으로 정보 윤리의식을 겸비한 정보보호 우수 인재를 체계적으로 양성하기 위해 한국교육학술정보원(KERIS)에서 진행하는 사업입니다.

2019년 기준 정보보호 영재교육원은 서울여대(1권역), 공주대(2권역), 대구대(3권역), 목포대(4권역) 총 4권역으로 나누어져 있습니다.

[정보보호 영재교육원] 2019년 기준			
권역	지역	구분	모집인원
1권역	서울, 인천, 경기, 강원, 제주	서울여자대학교	90명
2권역	충남, 충북, 세종, 대전, 제주	공주대학교	90명
3권역	경남, 경북, 대구, 부산, 울산, 제주	대구대학교	90명
4권역	전남, 광주, 전북, 제주	목포대학교	90명
합계			360명

서울여자대학교를 예로 들면 봄 학기와 가을학기 중에는 격주로 주말 교육 (6시간 수업)이 진행되며, 여름방학에는 2박 3일의 집중교육이 이뤄집니다. 다만 효율적인 교육을 위해 일부 교육 일정이 변경될 수 있습니다.

선발방법은 서류전형으로 135명(150%)을 선발한 후 면접 평가를 통해 90명을 선발합니다.

과정	모집 분야	모집인원
중학교	2개 과정: 중등기초, 심화	45명
고등학교	3개 과정: 기초, 심화, 전문 A, B	45명

학교 성적보다는 정보보호에 재능, 발전 가능성을 중심으로 교육생을 선발합니다. 제출서류는 응시원서와 자기소개서, 교사추천서와 개인정보 동의서이며 희망자에 한해 포트폴리오 등 증빙서류와 사회통합대상자 증빙서류도 포함됩니다.
시스템보안, 네트워크 보안, 암호학 등 기술 분야 교육과 정보윤리, 인성교육을 시행하며 현장체험과 프로젝트 참여 활동을 통해 지속적인 흥미와 관심을 유발 할 수 있도록 교육시간을 배정해놓았습니다.
영재교육원에 선발돼 교육 받으면 좋은 점은 비슷한 관심사를 가진 친구들과 함께 배우고 경험하면서 진로설계에 도움을 받을 수 있고 도전의식을 향상 시켜 자신감을 키워 줄 수 있다는 것입니다. 또한 현장체험과 프로젝트를 진행하면서 앞으로 일하게 될 분야에 대한 꿈과 희망을 점검해볼 수 있습니다. 그리고 해당 교육이 진행 되는 대학교 교수님은 물론 전문강사 분들에 의한 수준 높은 교육과 상담을 받을 수 있습니다. 이 모든 것이 무료입니다.
운영하는 대학교마다 전형 일정과 절차, 지원자격 등에 변화가있을 수 있으니 지원하시는 경우 반드시 모집 요강을 확인하시기 바랍니다.

● 정보보안에 눈을 뜬 우수 인재를 미래 리더로 배출하기 위한 차세대 정보보안 리더 양성 프로그램 'BoB'(Best Of Best)

한국정보기술연구원(KITRI)의 'BoB'는 2012년 1기 60명을 시작으로 8년째 운영하고 있는 차세대 정보보안 리더 양성 프로그램입니다. 지원대상은 IT 분야에 관심과 재능이 있는 고등학생, 대학생, 대학원생, 미취업 청년입니다.

[연도별 수료생 추이]							
구분	1기 2012년	2기 2013년	3기 2014년	4기 2015년	5기 2016년	6기 2017년	7기 2018년
수료생	60명	117명	122명	136명	135명	140명	158명

2012년부터 2018년까지 총 870명의 수료생을 배출하였으며, 2019년 8기는 200명을 선발했으며 8개월간 교육을 실시합니다. 공통 소양 교육 이후 취약점 분석·디지털포렌식·보안컨설팅·보안제품개발 등 4개 전문트랙으로 운영합니다. 7월부터 8월까지 진행하는 1단계(공통·전공교육)는 집중 전공교육과 명사특강 등을 통해 차세대 리더로서 기본 소양을 갖추게 되고 9월부터 12월까지 진행하는 2단계는 팀을 구성해 최신 정보보안 이슈와 난제를 해결하기 위한 팀 프로젝트 형태의 교육을 수행합니다.

2단계까지 결과에 따라 선발되는 30명은 2020년 1월부터 2월까지 펼쳐질 최종 3단계에 참여 심화 교육 과정을 실시하며, 3단계 진출자 30명 가운데 BoB 자문단 및 멘토단 심층평가로 국보급 최고 인재 10명(BEST 10)이 선정됩니다. 그리고 국가와 사회발전에 기여 하는 정보보안 전문가가 갖춰야 할 국가관을 심어 줄 수 있는 현장 견학과 화이트해커로서의 윤리의식을 심어주는 윤리교육과 인성교육도 함께 진행 됩니다. BoB 수료생들은 해커 올림픽으로 불리는 'DEFCON CTF'에서 2015년, 2018년 2차례 우승을 차지했고 국내외 각종 대회에서도 우수한 성과를 달성하였습니다.

BoB 선발 전형은 1차 서류전형과 평판 조회, 2차 인적성검사, 3차 필기시험, 4차 심층 면접과 포트폴리오 발표로 진행됩니다. 규모 있는 해킹대회 또는 IT 분야 경진대회와 공모전 등에 입상한 경력이 있거나 학교장, 교수 등의 추천을 받은 사람은 선발 과정에서 우대받습니다.

교육생으로 선발되면 많은 혜택 주어집니다. 교육비는 100% 무료이고 전용학습공간, 최신 IT 기기와 참고서적 등 학업에 필요한 모든 것이 무료로 제공됩니다. 또 지방에서 올라 온 교육생을 위한 기숙사와 교통비도 지원해 주고 있습니다. 단계별 경연을 통과해 우수한 성적을 거두면 과학기술정보통신부 장관 명의의 인증서를 수여 받게 되고, 해외연수 프로그램은 물론 창업을 희망한다면 창업과 상용 기술화에 대한 지원도 함께 해주어 최적의 맞춤형 사후관리를 받게 됩니다.

매년 1개 기수씩 선발하고 있습니다. www.kitribob.kr에 접속해서 자세한 사항을 꼭 확인해 보시 길 바랍니다. 2018년 7월 BoB 교육센터는 서울시 금천구 가산동으로 확장 이전하였습니다.

● 소프트웨어산업을 이끌어갈 창의력 갖춘 인재를 육성하는 '소프트웨어 마에스트로(SW Maestro)'

2010년 소프트웨어산업을 이끌어갈 최고 수준의 인재를 만들기 위한 SW 마에스트로 과정이 도입되었습니다. 2018년까지 800명의 연수생을 배출했으며 2019년 10기 연수생 모집을 하였습니다. 기수별 100명을 기준으로 인원을 선발하고 있으며 전공, 연력, 학력에 제한을 두지 않고 누구나 지원할 수 있습니다. 단, 전형 과정에서 SW 개발 능력이 없으면 선발될 가능성이 없는 만큼 기본적 소양과 능력을 갖춰야 하며 재직자와 취업확정자는 지원할 수 없습니다.

SW 마에스트로 과정에는 매년 비전공자 지원율이 25% 내외를 유지하고 있고, 한의과 대학이나 인문사회 계열인데도 독학으로 공부해 일정 수준 이상의 코딩능력을 갖춘 지원자가 상당수 지원하고 있습니다.

선발된 연수생 100명은 1년간 서바이벌 프로젝트를 수행하면서1단계, 2단계 검증을 받게 됩니다. 5개월간 진행되는 1단계 프로젝트를 거치면서 40명의 연수생은 물러나게 되고, 생존한 60명을 대상으로 7개월간 글로벌 비즈니스역량을 갖추도록 하는 2단계 프로젝트가 진행됩니다. 최종적으로 가장 우수한 평가를 받은 3개 팀(8명~10명)의 구성원들이 SW 마에스트로에 인증을 받게 되고 각자가 2,000만 원의 지원금 혜택을 누리게 됩니다.

또한 실생활에서 유용한 개발을 이뤄낸 5개 팀도 기술 상용화와 창업을 위한 창업지원금 3,000만 원을 지급 받습니다. 2단계까지 최장 12개월에 이르는 과정이기 때문에 연수를 받으면서 SW 개발에 관한 거의 모든 지식과 기술은 물론 멘토들의 노하우를 자연스럽게 흡수하게 됩니다.

선발 혜택 또한 확실 합니다. 첫째, 1년의 연수 과정 동안 매월 100만 원의 지원금과 프로젝트 개발에 필요한 재료비와 연구비가 지급됩니다. 둘째, 글로벌 SW 기업 탐방 등 해외연수를 보내주고 셋째, 개발한 소프트웨어에 대해서는 특허 출원과 등록에 필요한 비용을 지원합니다. 마지막으로 병역의무를 다 하지 못한 연수생의 경우 SW개발병, 정보보호병 입대시 가산점을 받을 수 있습니다.

연구와 개발에 필요한 연수센터는 강남구 역삼동에 위치하고 있습니다. 교육실, 연구실, 회의실, 수면실은 물론 24시간 365일 개발하여 최적의 환경을 지원합니다. 또한 수료 이후에도 인적 네트워크 구축과 기술교류 등 사후관리도 지원하고 있습니다. 더 자세한 사항은 www.swmaestro.kr에 접속하여 확인하시기 바랍니다.

4.3 우리에게는 해킹방어대회와 공모전이 있다.

중학교에서 [IT 정보보안]이라는 주제로 강의를 한 적이 있는데, 그 때 질문 중의 하나가 '해킹 자격증 있나요' 였다. 답부터 말하면 그런 자격증은 없다. 정보보안의 세계는 공격자와 수호자의 끝없는 전쟁이라고도 말할 수 있다. 해커 자격증은 존재 할 수 없다.

사이버 공격과 피해 규모가 증가하는 지금, 기업은 대회를 개최하여 참가자의 실력을 확인 하고 우수한 실력을 발휘한 참가자를 바로 채용해 쓰기도 하며, 공모전을 통해 얻은 창의적인 아이디어는 주최기관에서 여러 가지로 활용가치가 있어 참가자와 행사를 개최한 양쪽 모두에게 이익이 되고 있다. 정보보안 전문가를 꿈꾸고 있다면 해킹방어대회 참가를 적극 추천합니다.

그럼 해킹방어대회에 대해 알려드리겠습니다.

[해킹 방어 대회]

대회명	HDCON(Hacking Defense CONtest)
주최/주관	과학기술정보통신부 주최/ 한국인터넷진흥원 주관
개요	2003년 1회 대회를 시작으로 국내에서 가장 오랜 역사와 전통을 자랑하는 해킹방어대회입니다. 해킹 방어에 필요한 사고대응 역량을 겨루는 보안 인재 발굴을 목적으로 하고 있으며, 2018년도 대회에서 대상 1개 팀에게는 과학기술정보통신부 장관상과 상금 1000만 원, 최우수상 1개 팀과 우수상 1개 팀에게는 한국인터넷진흥원장상과 각각 500만 원, 300만 원의 상금이 수여되었습니다.

대회명	코드게이트(CODEGATE)
주최/주관	과학기술정보통신부 주최/한국인터넷진흥원, 사단법인 코드게이트보안포럼 주관
개요	2008년 시작으로 올해로 12년째를 맞이한 세계최대 국제해킹방어대회입니다. 'Codegate 2019'에는 97개국 6천여 명이 참가 하였습니다. 일반, 대학부, 주니어로 부문을 나눠 진행되며 총 상금은 6,500만 원입니다. 행사는 해킹방어대회, 보안 컨퍼런스, 보안 키즈스쿨 등을 함께 운영해 어린이부터 일반인까지 참여하여 즐길 수있도록 구성하고 있습니다.

대회명	시큐인사이드(SECUINSIDE)
주최/주관	사단법인 해커연합 HARU운영/ 한국인터넷진흥원 후원
개요	2011년부터 개최되는 국제행사로 보안전문가들의 컨퍼넌스와 해킹방어대회, 취약점 찾기 대회를 진행합니다. 최신 해킹과 보안 이슈에관한 지식공유와 관계자 간의 소통과 만남의 장 역할을 하고 있습니다.

대회명	대한민국 화이트햇 콘테스트(WITHCON)
주최/주관	국방부 주최/국군사이버사령부 주관
개요	2013년 시작한 대회로 일반인 참여율이 높고 다른 대회보다 학생들의 참여도가 높습니다. 또한 진학, 병역, 취업 안내 등 다양한 부대행사를 진행하고 있어 참관객에게 좋은 평가를 받고있습니다.

대회명	삼성 캡처 더 플래그 (SCTF, Samsung Capture The Flag)
주관	삼성전자 주관
개요	2017년 시작된 대회로 학생·일반인·외국인 등 누구나 참여할 수 있으며, 모의해킹 경진대회는 개인전으로 진행되며 사이버보안 역량을 다면 평가하기 위해 공격·방어·코딩·역공학·암호학 등 총5개 분야로 문제가 출제되어 평가합니다. 총상금은 8,000만 원에 분야별 우수자에 대한 시상도 함께 실시됩니다.

대회명	사이버 공격 방어대회 (Cyber Conflict Exercise & Contest)
주관	국가보안기술연구소 주최(관)/ 국가정보원, NATO 사이버 방호센터 후원
개요	2017년 처음으로 개최되었습니다. 사이버 공격을 담당하는 공격팀과 기관 전산망 방어를 담당하는 방어팀 간에 실시간으로 공격과 방어가 이뤄지는 대회로 사이버위협 실제 사고사례를 적용해 주목 받았습니다. 화이트해커 초청팀과 예선을 거친 공격팀이 사이버 공격을 시행하면 방어팀 공격 탐지, 초동조치, 복구, 보안 강화를 진행하는 방식입니다. 분야별로 1위 팀에 상금 1,000만 원이 주어집니다.

대회명	SW 개발 보안 경진대회
주관	행정안전부 주최/한국인터넷진흥원 주관
개요	SW 개발자가 될 대학생을 대상으로 SW 개발단계에서의 보안 중요성을 알리고 SW 보안전문가로 육성하기 위해 2014년부터 실시되고 있습니다. 참가자격은 대학생으로 구성됨 팀(3명 이내) 또는 개인입니다. 대학원생, 일반인은 참가 할수 없습니다. 웹사이트와 모바일 앱 두 개 분야로 나눠서 진행되며 제공된 소스 코드에 숨겨진 보안 약점을 찾거나 적절한 개선방안을 제시한 내용을 평가해 시상합니다. 총상금은 2,000만 원입니다.

이번에는 대표적인 공모전입니다.

[정보보안 관련 공모전]	
공모전	국가암호공모전
주관/주최	한국 암호포럼, 한국 정보보호학회 주관/ 국가보안기술연구소, 한국인터넷진흥원 주최
개요	2007년 국내 암호기술 발전을 위해서 개최되고 있으며, 1분야와 2분야로 나누어 진행 됩니다. 암호원천기술, 암호 기술 응용과 활용에 관한 논문을 제출하는 1분야와 암호 문제 풀이, 암호활용 아이디어와 활용기술을 제안하는 2분야로 나눠서 진행됩니다. 총상금은 5,000만 원입니다.

공모전	사이버안보(보안) 논문공모전
주관/주최	한국정보보호학회, 한국국제정치학회 주관/ 국가정보원, 국가보안기술연구소 지원
개요	사이버안보에 관한 기술과 정책 두 개 분야로 나눠 논문공모를 받으며, 대학생 이상이면 공모 가능합니다. 총상금은 3,300만 원입니다.

공모전	금융정보보호 공모전
주관/주최	금융보안원, 금융정보보호협회 주최/ 금융감독원, 한국정보보호학회 후원
개요	금융정보보호를 위한 창의적인 논문과 이미 적용되고 있는 우수사례를 발굴하고 공유하는 것을 목적으로 2017년 처음 실시되었습니다. 금융정보보호 공모전은 논문과 우수사례 두 가지로 구분해 진행되고 금융권 대상 사이버 공격 대응방안, 금융권 개인정보보호 제고 등에 관한 논문 분야는 누구나 응모 가능합니다. 실제 금융현장에서 발생한 사례에 대한 전파를 목적으로 하는 우수사례 분야는 금융 분야 임직원만 공모 가능 합니다.

시스템, 네트워크, 프로그래밍을 다룰 줄 안다면 누구나 해커의 기본 자질이 있다고 할 수 있습니다. 각종 대회, 공모전 참가를 통해 경험을 쌓으면 좋은 결과가 있을 것입니다.

4.4 자격증에 대해서 알려주세요.

취업을 준비하는 취업준비생의 경우 가장 먼저 하는 것은 이력서와 자기소개서를 작성하는 것입니다. 이력서와 자기소개서에서 어필하고자 하는 핵심은 '나는 그 일(직무)을 잘할 수 있는 준비 된 인재입니다'라고 작성하는 것입니다.
준비된 인재? 이것을 증명 하는 경우 필요한 것이 자격증입니다. 물론 소프트웨어 개발자의 경우 코딩 능력을 증명하는 자격증은 없습니다. 이런 경우는 공모전 또는 포트폴리오를 제출합니다. 개발 능력, 또는 해킹 능력을 증명하는 경우를 제외한 엔지니어의 경우는 관련 자격증을 취득하고 자신은 준비된 인재임을 증명합니다. 2016년 국민권익위원회가 '국가기관 사이버 정보 보안 강화를 위한 정보통신 분야 공무원 응시자격 개선방안'을 국방부, 행정자치부, 경찰청, 지방자치단체 등에 권고함에 따라 관련 분야 전문인력 채용 시 각종 보안 자격증이 있는 사람을 우대하거나 임용기회가 확대되었습니다. 이처럼 자격증은 자신이 갖고 있는 정보보안에 관한 지식의 정도를 자격증 발급기관의 신뢰성을 바탕으로 증명 받을 수 있어 진학은 물론 취업과 이직에도 도움이 되고 있습니다.

여기에서는 초급부터 고급까지 인기 있는 정보보안 자격증을 소개하겠습니다.

[정보보안 관련 자격증]

구분	자격증	주관기관	시험 일정	실기 유무
국가기술 자격	정보보안기사, 정보보안 산업기사	KISA	년 2회	有
국제공인 자격	CISSP (정보시스템보안전문가)	isc2	수시	無
	CCFP (디지털포렌식전문가)	isc2	9.25	無
	CISA (정보시스템감사사)	ISACA	년 2회	無
	CISM(정보보안관리자)	ISACA	년 2회	無
	GIAC GCIH (공인사고대응전문가)	GIAC	수시	無
	GIAC GREM (공인악성코드역공학 분석전문가)	GIAC	수시	無
	GIAC GCFA (공인포렌식 분석전문가)	GIAC	수시	無
	GIAC GPEN (공인침투시험전문가)	GIAC	수시	無
국가공인 민간자격	디지털포렌식전문가2급	한국 포렌식 협회	년 2회	有
	산업보안관리사	한국산업기술보호협회	년 3회	無

국제 민간자격	CCNA(네트워크관리사)	CISCO	수시	無
	CCNP(네트워크전문가)	CISCO	수시	無
	LPIC(리눅스전문가)	LPI	수시	無
	MCSE (MS시스템엔지니어)	Microsoft	수시	無
	MCSA (MD시스템관리자)	Microsoft	수시	無

● 국가기술자격

국내 유일의 정보보호 분야 국가기술자격인 정보보안 국가기술자격은 정보보안기사·산업기사 2종목이 시행되고 있습니다. 이 자격은 2008년 지식경제부에서 발표한 지식정보보안산업 진흥 종합계획에 의거하여 2012년 신설되었으며, 2013년부터 한국인터넷진흥원이 위탁 받아 시행하고 있습니다.

본 자격은 필기시험과 실기시험으로 구성되어 있는데, 기사의 필기 과목은 시스템 보안, 네트워크 보안, 애플리케이션 보안, 정보보안 일반, 정보보안 관리 및 법규 등 5개 과목이며 산업기사는 정보보안 관리 및 법규 과목을 제외한 4개 과목으로 객관식입니다. 실기시험은 정보보안 실무 단일과목으로 구성되어 있고, 단답형·서술형·실무형 3가지 유형의 필답형 시험이며, 정보보안 실무에 적합한 지식 및 기술력을 검증할 수 있도록 출제됩니다.

2017년 필기 및 실기 각 2회씩 시행하여 총 17,488명의 응시자 중 기사 631명, 산업기사 500명이 합격하였습니다. 이것을 고려해 볼 때 난이도가 상당한 수준으로 충분한 준비와 노력이 필요합니다.

● 국내민간자격

디지털포렌식전문가 1급의 경우 2016년부터 디스크 분석, DB 분석, 네트워크 분석, 모바일분석, 보안체계분석 등의 기법을 활용한 문제해결 능력을 평가하는 시험을 시행하고 있으며, 지난 2년간 총 17명이 응시해 5명이 자격을 취득하였습니다.
2급의 경우 컴퓨터구조와 디지털 저장매체, 파일 시스템과 운영체제, 응용프로그램과 네트워크 이해, 데이터베이스 디지털포렌식 개론 등 5개 과목으로 구성된 필기시험과 디지털포렌식 실무형 문제로 구성된 실기시험을 거쳐야 합니다.
특히 2012년 12월 국가공인 민간자격으로 승격되면서 응시자가 크게 늘어 지난 5년간 2급에 총 2,522명이 디지털포렌식 자격시험에 응시해 26.4%에 해당하는 666명이 자격을 취득하였습니다.

[디지털포렌식전문가 자격시험 응시자 및 합격자 현황] 출처: 한국포렌식학회			
연도	2급		최종 합격률
	응시자	합격자	
2013	356	120	33.7%
2014	553	140	25.3%
2015	535	143	26.7%
2016	538	147	27.3%
2017	540	116	21.5%
합계	2,522	666	26.4%

산업보안관리사는 2016년 10월 7일 산업통상자원부 장관의 승인을 받아 2017년부터 국가공인 민간자격으로 시행되고 있습니다. 이 자격은 산업현장의 기술유출을 방지하기 위한 산업보안 활동의 일환으로 현장에서의 보호 가치 대상, 즉 산업기술 관련 인력·관리, 설비·구역, 정보·문서 등이 내·외부의 위험요소로부터 침해받지 않도록 예방·관리 및 대응 업무 등을 수행하는 인력양성을 목표로 하고 있습니다.

검정방법은 필기시험이며, 산업보안 관련 분야별 이론 및 기본지식과 응용능력을 기반으로 산업현장의 기술 보호를 위한 보안정책 수립 및 실행, 평가 등의 종합적인 보안 실무업무를 수행하는 능력을 평가합니다. 과목은 관리적 보안, 물리적 보안, 기술적 보안, 보안사고대응, 보안 지식경 등 총 5개 과목으로 구성되어 있습니다. 2017년 2회 시행되었으며 총 1,483명이 신청해 533명의 합격자가 배출되었습니다.

● 국제공인자격 CISSP (정보시스템보안전문가, Certified Information Systems Security Professional)

국제공인자격 CISSP (정보시스템보안전문가, Certified Information Systems Security Professional)는 ISC2(International Information Systems Security Certification Consortium, Inc.)에서 시행하는 자격증으로 ISO/IEC 17024에 의한인증을 받았습니다. 전 세계적으로 12만 명의 자격자를 배출하고 한국에는 2,766명의 자격자가 활동하고 있습니다. ISC2는 CISSP 외에도 SSCP(시스템보안전문가, Systems Security Certified Practitioner), CSSLP(보안소프트웨어 생명주기 전문가, Certified Secure Software Lifecycle Professional), CCFP(Certified Cyber Forensic Professional) 등의 자격증이 있습니다.

[CIPPS 자격보유자 현황] 출처: 2019국가정보보호백서									
구분	전세계	한국	미국	일본	중국	대만	홍콩	싱가폴	호주
취득자	120,149	2,766	78,341	1,864	1,587	269	1,547	1,661	2,164

CISSP 자격증 시험은 접근제어시스템 및 방법론(Access Control Systems and Methodology), 보안구조 및 모델(Security Architecture and Models), 암호학(Cryptography) 등 10개 영역(domain)을 평가하며, 시험 대상 10개 영역에서 5년 이상의 근무경력을 만족한 경우에만 응시할 수 있습니다. 다만 학사학위 소지 등 특정 조건을 만족할 경우 3년 또는 4년의 근무경력으로도 응시할 수 있으며, 경력 조건을 만족하지 못하는 경우에도 합격 후에 충족시키면 정식으로 자격증을 받을 수 있습니다. CISSP은 2000년부터 국내에서도 매년 4회씩 실시되었으나 2013년 CBT(Computer based test) 방식으로 전환되어 수시로 시행되고 있으며 한국어로 응시할 수 있습니다. 2005년 7월 CISSP 한국협회(CISSP Korea Chapter)가 창립되어 이곳을 통해 보다 자세한 사항을 안내 받을 수 있습니다.

CCFP(사이버포렌식전문가, Certified Cyber Forensic Professional)는 법정에서 인정받을 수 있는 디지털 증거 확보를 위하여 포렌식 기법과 절차, 실행기준, 합법적이고 윤리적인 원칙에 관련된 전문성을 검정합니다. 2003년부터 국내 자격증으로 운영하였으나 2013년 9월 ISC2에서 CCFP 자격증을 신설하고, 이후 과거 국내 취득자에 비용감면·경력 우대 등 혜택을 주어 사이버포렌식전문가협회에서 관련 교육과 전환을 위한 시험을 진행하고 있습니다.

CISM(정보보호관리자, Certified Information Security Manager) 취득을 위해서는 최소 5년간 정보보호 분야의 근무 경력이 요구되며 이 중 3년 이상은 정보보호관리업무 경험이 있어야 합니다. 평가영역은 정보보호관리체계(Information Security Governance), 정보위험관리(Information Risk Management)등 5개이며, 전 세계적으로 3만 1,424명의 자격자를 배출하고, 아시아 1,564명의 자격보유자 중 한국에서는 2017년 12월 기준 77명이 활동 중입니다.

CISA(정보시스템감사사, Certified Information Systems Auditor)는 국내에 활성화되어 있는 자격증으로 본 자격 취득을 위해 보안지식도 요구한다는 점에서 정보보호 유관 자격증으로 분류한다. CISA는 1969년부터 ISACA(정보시스템감사통제협회, Information Systems Audit and Control Associa tion)가 관리하고 있으며, 현재 전 세계적으로 7만 8,600여 명이 자격을 취득하고 아시아 21,700여 명의 자격보유자 중 한국에서는2016년 12월 기준 3,134명이 활동 중입니다. CISA는 정보자산 보호(Protection of Information Assets), 시스템 및 인프라 수명주기 관리(System and Infrastructure Life cycle Management) 등 6개 영역에 걸쳐 출제됩니다.

국가 자격, 국제공인자격, 국가공인 국내 민간 등 자격증 종류가 많이 있습니다. 너무 많아 대표적인 것만 소개했습니다. 여기서 주의할 사항은 국제자격증의 경우 취득하는데 많은 비용이 들고 자격을 유지하기 위해 보수교육을 받거나 회비를 납부해야 하는 등 제한 조건이 있습니다.
이 부분은 해당 자격을 운영하는 사이트로 아래에 정리했습니다. 접속해서 확인 하시기 부탁드립니다.

[국제공인 정보보안 관련 자격증 운영 사이트]		
GIAC	ISC2	ISACA
www.giac.org	www.isc2.org	www.isaca.org

4.5 정부 지원 정보보호 동아리에서 활동하자.

정보보호와 관련된 특성화고와 특성화 대학에는 정부 기관의 지원을 받는 동아리가 한 개 이상 있습니다. 같은 꿈을 꾸기에 모였고 관심 분야에 호기심이 있어 동아리에 모인 만큼 함께 프로젝트를 진행하거나 팀을 만들어 대회에 참가할 수 있는 장점이 있습니다. 또한 동아리 회원들 간의 지식과 정보공유는 기본이고 각자가 발전해 가는 모습을 보면서 더욱 분발할 수 있는 학습문화가 형성 됩니다. 힘들 때 서로에게 의지가 되고 격려를 통해 발전해 나갑니다.

한국인터넷진흥원은 2006년부터 전국 대학에 퍼져있는 정보보호 동아리를 대상으로 지역별 교육과 세미나를 열어주고 연구, 취업, 창업 활동까지 지원하는 대학정보보호동아리 (KUCIS, Korea University Clubs Information Security) 사업을 진행 하고 있습니다.

정보보호 동아리 활동은 정보보호 학업의 연장선이자 전문교육과 실습을 해볼 수 있는 좋은 기회이니 동아리 활동으로 많은 사람을 사귀고 외부활동을 경험하면서 인맥과 자신의 입지를 다지는 소중한 시간을 가지기를 적극 추천합니다.

[2019 대학정보보호동아리 (KUCIS) 사업 선정 목록]					
번호	대학명	동아리명	번호	대학명	동아리명
1	가천대	Payload	21	세종대	Security Factorial
2	건국대	seKUrity	22	수원대	SHADOW
3	경기대	C-Lab	23	순천향대	Security First
4	경기대	K.knock	24	순천향대	CQRE
5	경북대	씨호크(Sea HawK)	25	아주대	Whois
6	경일대	K-Hacker s	26	영남 이공대	YESS
7	경찰대	CRG	27	영산대	Focus
8	극동대	P.O.S	28	우석대	APS
9	대구 카톨릭대	i-Keeper	29	우석대	SSP
10	대구대	Plex	30	인천대	PINCOM
11	동서대	CSNSL	31	인하대	IGRUS
12	동신대	HawkIS	32	전남대	정보보호 119
13	배화여자 대	헤이드 (HADE)	33	전북대	Invisible S hield
14	백석대	HUB	34	전주 기전대	D-Zerone

15	부경대	CERT-IS	35	중부대	SCP
16	상명대	CodeCure	36	창원대	CASPER
17	서울 과기대	ITS	37	충남대	ARGOS
18	서울여대	SWING	38	한림대	홈브루
19	서울여대	INTERLU DE	39	한양대	ICEWALL
20	성신여대	融保工	40	호서대	HAIS

동아리에 가입해 선후배들과 함께 학습하고 경험하면서 자격증도 취득하고 팀을 꾸려 대회와 공모전에 참가해 수상경력을 쌓는 것은 어떤가요? 실제로 업계에서 어느 정도 실력을 갖췄다고 인정하는 학생들은 대부분 이 경로를 걷고 있습니다.

PART 5

사회로 진출하자! 정보보안 국가기관 및 정보보안 산업 현황

5.1 주요 정보보안 국가 기관

지금까지 해킹, 정보보안 3대 요소, 정보보안 전문가의 분류, 교육기관 등 IT 정보보안에 대해 알아보았습니다. 5장에서는 교육 후, 어디로 취업을 하게 되는지 알아보겠습니다. 국가기관과 기업으로 나눠 소개해 드리겠습니다.
중고등학생 선호직업 1위가 공무원입니다. 정년이 보장되고 복지혜택이 좋은 직장을 선호하는 경향은 계속될 것으로 보입니다. 그럼 국가기관에 대해 자세히 소개하겠습니다.

● 국가정보원

국가정보원은 국가 정보보안 업무의 기획·조정 및 보안정책 수립·시행 등 국가·공공기관에 대한 사이버안보 업무를 총괄하고 있습니다. 2003년 1.25 인터넷 대란 발생 등을 계기로 국가정보원은 국가 차원의 사이버 공격에 대한 종합적·체계적인 예방·대응을 위해 전담조직인 국가사이버안전센터(NCSC, National Cyber Security Center)를 2004년 2월 발족하였습니다.
국가정보원은 국가 사이버안전 정책 수립, 국가 사이버안전 전략회의 및 대책회의 운영, 국가·공공기관 정보시스템의 보안대책 수립·지원, 각급 기관 정보통신망 보안 진단 · 평가 등 안전성 확인, 사이버 공격에 대한 국가 차원의 탐지 · 대응체계의 구축 운영, 국가안보를 위협하는 사이버 공격에 대한 조사·분석 및 검 · 경 · 군 기무사와의 공조, 사이버 위기 경보 발령, 공공분야 주요정보통신 기반시설 보호 업무, 국가·공공기관용 암호 장비 등 보안시스템의 개발·보급, 사이버안보 관련 해외 정보 · 보안 기관과의 정보협력 등을 통해 사이버안보 총괄기관의 역할을 담당하고 있습니다. 이 밖에도 국가정보원은 IT 발전과 더불어 점차 고도화·지능화되고 있는 사이버 공격으로부터 대한민국 사이버안보를 수호하기 위해 모든 역량을 집중하고 유관부처와 긴밀히 협력하고 있습니다. 참고로 2003년 1.25 인터넷 대란이 국가정보안보시스템을 구축하는 중요한 계기가 된 사건입니다. 자세히 알아보도록 하겠습니다.

2003년 1월 25일은 토요일이었습니다. 그런데 갑자기 오후 2시경부터 전국의 인터넷망이 마비되는 사건이 발생했습니다. 유선 인터넷은 물론 무선 인터넷과 행정 전산망까지 모두 불통되는 사상 초유의 사태가 발생한 것입니다. 2003년이라면 이미 한국의 인터넷 보급률이 세계 1~2위를 다투던 때였습니다.

유엔무역개발회의(UNCTAD)가 2005년에 발표한 보고서에 따르면 초고속 인터넷 이용자 수는 2004년 100명당 24.5명 수준이었는데 이는 2003년에 비해 4.3% 늘어난 수치였고, 이 부분에서는 계속해서 세계 1위를 유지하고 있었습니다. 그러니까 인터넷이 이미 생활 속에 깊이 들어온 시점에 일어난 '대란'이었던 것입니다. 당연히 온 나라가 발칵 뒤집어지고 당시 주무 부처였던 정보통신부는 비상 근무 태세에 돌입했고, 정확한 사고 원인을 규명하고 대책을 마련하기 위한 노력을 시작하였습니다. 25일 오후에 인터넷이 마비됐고 26일 아침 9시부터 정보통신부 이상철 장관과 김태현 차관이 주재하는 회의가 소집됐으며, 여기에 한국전산원과 한국 정보보호진흥원, KT 등 통신사업자 관계자들이 참석했습니다. 파견을 나갔던 직원들을 포함, 모든 정보통신부 인원들이 청사로 출근한 날이기도 합니다. 휴일에 장관, 차관, 관련 있는 모든 부처의 직원이 다 출근한 것입니다.

문제의 시작 지점은 한국통신(KT)의 혜화전화국이었습니다. 혜화전화국은 우리나라 인터넷의 관문이라고 묘사되는데 국내 인터넷망이 해외 인터넷망과 연결될 때 혜화전화국을 거쳐 간다고 합니다. 이 말인즉, 한국 사람이 한국에서 외국 사이트에 접속할 때 혜화전화국을 거쳐야만 한다는 것입니다. 여기서 관리하는 DNS(도메인 네임 시스템) 서버에 대량의 데이터가 유입되기 시작한 것이 문제였습니다. 사용자가 정확한 사이트 이름을 주소창에 적어 넣어도 여기의 DNS 서버가 마비되니 페이지를 찾을 수 없다는 응답만 받게 된 것입니다.

1.25 대란의 주범은 슬래머(Slammer)라는 이름의 웜바이러스였습니다. 윈도우 서버 2000의 SQL 취약점을 악용해 증식하며 네트워크 과부하를 일으키는 컴퓨터 바이러스였습니다. 슬래머는 한국만이 아니라 미국과 영국 등 세계 여러 나라에서 피해를 일으키며 총 7만 5천여 대가 슬래머에 당한 것으로

기록되어 있는데 이 중 우리나라에서는 8천 8백여 대가 슬래머에 감염됐습니다. 전 세계 피해의 약 11%가 우리나라에서 발생한 것으로 미국은 3만 2천여 대가 감염돼 전체 피해의 43%를 차지했습니다. 그 외 중국이 6%, 일본이 2%를 기록했습니다. 슬래머가 전 세계적으로 7만 5천여 대를 감염시키는데 걸린 시간은 불과 10분이었고 한국의 인터넷은 약 9시간 동안 마비되었습니다. 슬래머 웜은 그 파괴적인 영향력에 비해 겨우 376바이트로 용량이 그리 크지 않았습니다. 그리고 사실 하는 일도 그리 많지 않아 무작위로 IP 주소들을 생성하고, 스스로를 복제해 그 IP 주소들로 전송하는 것이 전부입니다.

전국 인터넷이 마비되는 등, 충격이 대단하긴 했지만 사실 슬래머 웜은 그 자체만으로는 굉장히 제한적인 멀웨어(악성코드)라고 볼 수 있습니다. 슬래머는 인터넷 대란이 일어나기 한 해 전인 2002년 7월 24일 마이크로소프트가 발표한 SQL 서버의 소프트웨어 취약점을 악용하는 것으로 마이크로소프트는 발표와 함께 이 문제를 해결해줄 수 있는 패치도 배포했습니다. 그러니까 대란 6개월 전에 이미 해결책이 나와 있었던 것입니다. 우리나라만이 아니라 전 세계적으로 보안 패치에 대한 인식 수준이 매우 낮았던 때였고 심지어 MS내 시스템 일부에서도 패치가 덜 적용되어 있다는 게 훗날 드러나기도 했습니다.

재미있는 건 '패치가 적용되지 않았기 때문에 인터넷이 마비됐다'는 사실이 알려지면서 사용자들 사이에서 MS가 6개월 전에 배포한 패치를 받으려는 움직임이 쇄도하기 시작했다는 것입니다. 그러나 이는 개인용 PC가 아닌 윈도우 서버용으로, 일반 사용자들이 잘 사용하지 않는 운영체제를 위한 것인데 인터넷 대란과 아무 상관없는 사람들이 해결에 아무런 도움이 되지 않는 파일을 받아 설치했습니다. '사회기반시설을 관리하는 사람 혹은 조직이'라는 주어가 빠진 채 알려진 소식 때문에 벌어진 해프닝이었습니다. 대란이 어느 정도 진정된 후 '인터넷 강국이라는 자만심에 지나치게 취했었다'는 반성의 목소리가 나왔습니다. 토요일 오후가 아니라 은행과 금융기관, 각종 행정기관이 일을 하고 있는 평일에 이런 일이 일어났다면 금융 위기와 국가안보 위기까지도 초래할 수 있었다는 전문가들의 의견들도 등장하기 시작했고, 6개월 동안 국가 주요기반시설에 패치도 하지 않은 채 인터넷 회선 속도와 보급률만으로 이뤄낸 '인터넷 1위 강국'은 허울뿐이었다는 지적은 여러 인터넷 게시물을 통해 지금도 볼 수 있습니다. 이러한 비판은 국가 정부 기관에서도 나왔습니다. 그래서 비슷한 상황이 재발되지 않도록 여러 가지 대책을 마련해 발표했고 또 시행되었습니다.

사건이 터지고 바로 3일 뒤인 28일, 정보통신부는 2월 중으로 정보통신기반 보호 기구를 상설화하고 기간 시스템을 위한 상시백업 시스템을 의무화하는 제도를 마련한다고 발표했으며 인터넷망의 공공성을 감안하여 전 국가적인 보호 기구를 만듦과 동시에 인터넷 사업자와 인터넷 사용자의 권한과 책임을 규정하는 내용도 포함시켰습니다.
그리고 거의 정확히 1년 후, 국가정보원에 국가사이버안전센터가 설립되었습니다.

● 한국인터넷진흥원

한국인터넷진흥원(KISA, Korea Internet and Security Agency)은 정보통신망의 고도화 및 안전한 이용촉진, 정보통신망의 이용에 따른 역기능 분석 및 대책연구, 인터넷주소 자원관리 등을 목적으로 설립된 인터넷 및 정보보호 진흥기관입니다.
한국인터넷진흥원은 민간분야 사이버 침해사고 예방 및 대응, 개인정보보호 및 피해 대응, 정보보호 산업 및 인력양성, 정보보호 대국민 서비스, 국가도메인(.kr/.한국)서비스, 불법 스팸 관련 고충처리 등의 업무를 수행합니다.
특히 인터넷 침해사고를 예방하고 대응하기 위해 365일 24시간 인터넷 이상 징후를 실시간 모니터링하고, 디도스(DDoS) 대응시스템 및 사이버대피소를 구축·운영하며, 주요 취약점을 모니터링하여 보안 권고문을 배포하고 있습니다. 그리고 사이버위협에 선제적으로 대응하기 위해 국내외 관계기관과 '글로벌 사이버보안협의체'를 구축해 공조체계를 강화하고 있습니다.
365일 24시간 전국 어디에서나 국번 없이 118로 연결되는 무료 전화상담 서비스를 통해 해킹, 스팸, 개인정보침해 등 인터넷과 관련한 모든 문제의 신고접수, 상담, 무료 백신 다운로드, 좀비(zombie) 감염 여부 실시간 확인, 원격 PC 진료서비스를 제공하고 있습니다. 그리고 개인정보를 보호하고 피해에 대응하기 위해 개인정보 노출대응시스템을 운영하고 있으며, 국내외 웹사이트를 대상으로 개인정보 노출 검색 및 삭제 처리를 하고 주민등록번호 처리 금지에 따른 실태조사 및 대체 수단인 i-PIN의 안전성 확보 등을 추진하고 있습니다.

이 밖에도 국가도메인(.kr/.한국 도메인)서비스 운영 및 활성화, 도메인 국제기구 활동 및 분쟁조정제도 운영, IP 주소자원 관리 및 차세대 인터넷주소 IPv6 보급 활성화, 무선 인터넷 활성화 등을 추진하고 있습니다.

1. **인터넷침해대응센터**(KISC, Korea Internet Security Center)

인터넷침해대응센터는 2003년 12월 인터넷침해사고대응지원센터로 개소하고 2009년 한국인터넷진흥원이 통합 출범함에 따라 인터넷침해대응센터로 명칭을 변경하였습니다. 인터넷침해대응센터는 국내 인터넷 침해사고 사전예방 및 침해사고 발생 시, 신속대응으로 피해를 최소화하기 위해 다양한 업무를 수행하고 있습니다. 특히 종합상황실을 통해 국내 주요 통신사업자 및 보안관제업체와 연계해 365일 24시간 인터넷트래픽의 이상 징후를 모니터링하고, 보안 취약점 및 악성코드 등 보안 위협에 대한 정보를 수집·분석하고 있습니다.

2. 사이버보안 인재센터

사이버보안 인재센터는 국가 글로벌 경쟁력을 선도하는 정보보호 인재를 충분하고 지속적으로 공급하는 환경을 조성하여 국가발전에 기여하고자 설립되었습니다. 사이버보안 인재센터는 보안교육의 생태계를 조성하기 위한 교육 진흥 및 핵심인재 맞춤형 인력양성 프로그램을 운영하고 있습니다. 특히 융합적 보안지식을 활용할 수 있는 실무인력양성을 목표로 실전형 사이버 훈련장 시큐리티짐(Security Gym) 운영 및 최정예 사이버보안 인력(K-Shield, 케이실드), 산업보안 전문인력양성 등을 통해 매년 2,000여 명의 우수인력을 양성하고 있습니다. 그리고 예비인력 육성 및 고용 창출과 관련해 대학정보보호동아리(KUCIS, Korea University Clubs Information Security), 특성화 대학, 고용계약형 석사과정, 정보보호 인력 채용 박람회 개최 등 경력 연계형 계층별 맞춤 프로그램을 다각적으로 지원하고 있습니다.

3. 정보보호 산업지원센터

정보보호 산업지원센터(KISIS, Korea Information Security Industry Support Center)는 국산 정보보호 제품의 연구·개발을 지원하기 위하여 설립되었다. 정보보호 산업지원센터는 중·소·벤처 정보보호 기업이 구입하기 어려운 고가의 시험장비를 구비하여 원하는 기업이 언제든지 이용할 수 있도록 시험 환경을 제공하고 있습니다.

바이오 인식, 네트워크/시스템보안(4실), 디도스 테스트베드, 기업환경(정보감사/모바일), 물리/융합 보안 등 8개의 테스트랩(Test-Lab)실을 구축하였고 국산 제품의 대외 기술경쟁력 강화를 목적으로 정보보호 제품 성능시험을 위하여 40G급 이상의 트래픽 분석 및 계측 장비를 추가 도입하였습니다.

4. 바이오인식 정보시험센터

바이오인식 정보시험센터(K-NBTC, Korea National Biometrics Test Center)는 2006년부터 지문·얼굴·정맥·홍채 등 바이오인식 기술을 이용한 국내 제품의 입출력 인터페이스및 성능에 대한 국내 유일의 시험 및 인증 서비스를 제공하고 있습니다. 이를 통해 국내 바이오인식 제품의 기술 수준 및 글로벌 경쟁력 강화에 도움을 주고 있습니다.

5. 개인정보침해신고센터

개인정보침해신고센터는 「개인정보보호법」과 「정보통신망 이용촉진 및 정보보호 등에 관한 법률」에 따라 개인정보에 관한 권리, 이익 침해 사실 신고를 접수·처리하고 있습니다. 2015년부터는 개인정보침해신고 포상제를 운영함으로써 개인정보 과다수집 및 노출 등에 대한 국민참여형 자율감시 환경을 조성하고 국민들의 불안감을 경감시키도록 노력하고 있습니다. 같은 해 5월에는 경찰청과 협력하여 '사이버 원스톱센터'를 개소하고 이에 따라 접수되는 민원 중 수사기관의 전문적 상담과 조치가 필요한 민원을 원스톱으로 처리하는 등 국민의 안전과 불편 해소를 위해 지속적으로 노력하고 있습니다.

6. 불법 스팸 대응센터

불법 스팸 대응센터는 일반 국민에게 스팸(spam) 차단 방법을 안내하고 「정보통신망 이용촉진 및 정보보호 등에 관한 법률」에서 정하고 있는 불법 스팸의 신고를 연중 접수·처리하고 있습니다. 이 밖에도 스팸 피해를 사전에 예방하기 위한 각종 인식 제고 활동을 벌이고 있으며, 스팸방지 프로그램을 개발·배포하는등 기술적인 대책 마련에도 주력하고 있습니다. 또한 스팸규제를 강화하기 위한 법·제도 개선방안을 연구하고 스팸 방지 대책을 수립·시행하는 한편, 국가 간 스팸 문제를 해소하기 위해 국제스팸대응기구와 협력체계를 구축해 대응하고 있습니다.

7. 사물인터넷 혁신센터 및 전자정부 소프트웨어·사물인터넷 보안센터

사물인터넷 시대의 보안 위협에 대비하고 보안이 내재된 정보통신기술 산업을 육성하기 위해 사물인터넷 혁신센터와 전자정부소프트웨어·사물인터넷 보안센터를 운영하고 있습니다. 2014년 5월에 개소한 사물인터넷혁신센터는 국내외 30개 사물인터넷 유관기관이 참여해 사물인터넷 서비스 공동개발, 사물인터넷 기업가 양성, 사물인터넷 보안실증사업, 정보보호체계와 제도 등을 추진하며 국내 사물인터넷 기업의 파트너십을 강화하고 국내 사물인터넷 산업기반 조성에 기여하고 있습니다.

또한 전자정부 소프트웨어·사물인터넷보안센터를 통해 전자정부의 소프트웨어에 적용되어 온 시큐어코딩(secure coding) 방식을 사물인터넷 분야에도 확대 적용하여 소프트웨어 개발단계부터 보안이 고려될 수 있도록 보안 취약진단 도구, 소스코드 보안 검증 등을 지원하고 있습니다.

8. 지역정보보호지원센터

지역정보보호지원센터는 웹 취약점 점검, 정보보호 컨설팅, 개인정보보호 조치 지원 등 지역 중소기업의 정보보호 수준을 제고 하기 위한 정보보호 기술 지원과 HTML5·IPv6 등 ICT 신기술 보급을 지역 현장에서 맞춤형으로 지원하는 등 KISA의 주요 기능을 지역 현장에 특화하여 지원하고 있습니다. ICT·정보보호 관련 세미나 및 교육을 실시하고 지역 정보보호 동아리가 정보보호지원센터를 통해 현장 실습을 경험할 수 있도록 지원하는 등 지역정보보호 전문인력양성에도 힘쓰고 있습니다. 지역정보보호지원센터는 현재 인천·대구·광주·청주·부산·성남에 구축되어 운영 중에 있습니다.

9. 정보보호 R&D 기술공유센터

정보보호 R&D 기술공유센터는 국가 정보보호 R&D 핵심기술의 민간 공유·확산을 위해 산·학·연 소통·협력의 장을 마련하고 정보보호 R&D 성과의 실질적 사업화 비율을 높이고자 정보보호연구기관 보유기술 목록화 및 기술활용도 분석을 추진하고 있습니다. 또한 침해사고 탐지·분석, 결제사기 대응 등 한국인터넷진흥원이 보유한 전문성 활용 등을 통해 정책 수요에 따른 시급성 있는 분야의 R&D 사업을 지속적으로 수행하고 있으며, 연구기관 및 기술이전 기업과 함께 국내외 전시회에 참가해 국가 R&D 성과홍보·확산 및 기업의 해외시장진출도 적극적으로 지원해 나갈 계획입니다.

10. 개인정보 비식별 조치 지원센터

개인정보 비식별 조치 지원센터는 개인정보보호 관련 법령과 새로운 결합기술 출현 등에 따른 비식별 조치 관련 정책, 기준 및 방법을 현행화하여 구체적인 개인정보 비식별 조치 가이드라인을 제시하고 산업 전 분야별 특성에 맞는 안전한 비식별 조치를 취할 수 있도록 비식별 조치 전문기관 협의체 등 분야별 전문기관 운영을 총괄 지원하고 있습니다. 또 중소기업 및 스타트업 대상 컨설팅·교육 실시, 분야별 전문기관이 운영하는 비식별 조치 적정성 평가단 인력 관리 및 교육 전문기관으로서 공공·통신 분야의 정보 집합물 결합 지원까지 안전한 비식별 조치를 위한 체계 구축과 다각적인 지원에 힘쓰고 있습니다.

● 국가보안기술연구소

국가보안기술연구소(NSR, National Security Research Institute)는 2000년 설립된 정보보호 전문연구기관입니다. 국가보안기술연구소는 공공분야의 사이버안전을 위한 연구·개발을 수행하고 있으며 국가 암호기술 연구, 해킹 대응 등 각종 정보보안기술 개발, 관련 기반 구축 및 지원 활동 등을 통해 보안기술 발전에 앞장서 왔습니다. 또 사이버안전훈련센터와 IT 보안 인증사무국을 운영함으로써 국가 정보보호 발전에 기여하고 있습니다. 그리고 국내외 정보보호 관련 최신 기술 및 정책 동향 등을 수집·분석하여 유관기관에 제공하고 관련 연구수행을 통해 정보보호 정책 발전을 이끌어 가고 있습니다. 국가보안기술연구소는 정보보호라는 시대적 사명과 역할을 수행하기 위해 관련 분야 연구·개발에 끊임없이 매진하여 국가 정보보안 발전에 이바지하고 있으며 한편으로는 관련 기술의 보급·공유와 협력관계 구축에도 힘을 기울이고 있습니다. 국가보안기술연구소는 매년 '정보보호와 암호에 관한 학술대회(WISC, Workshop on Information Security and Cryptography)'를 주최해 오고 있으며. 이를 통해 행정부처 및 산하기관, 전문연구기관, 기간통신사업자, 학계 등 국내 정보보호 업무관계자와 정보보호 관련 각종 최신동향 정보를 공유하고 유기적인 협력관계를 구축하고 있습니다. 그리고 '정보보호와 암호에 관한 국제학술대회(ICISC, Annual International Co nference on Information Security and Cryptology)'를 한국정보보호학회와 공동으로 주최하는 등 국제적인 학술교류도 활발히 추진하고 있습니다.

한편 '사이버공간 국제 평화안보 구축 학술회의(Conference on Building Global Cyberspace Peace Regime)'를 주최하여 탈린 매뉴얼의 대표편저자인 마이클 슈미트(Michael Schmitt) 등 국내외 전문가를 초청해 사이버안보위협에 대응하는 국가 행위에 대한 국제법 적용과 새로운 규범 발전에 따른 쟁점을 논하고 한국 사이버안보 정책 수립에 대한 의견을 수렴하였습니다. 또한 '제주 사이버보안 컨퍼런스' 등의 컨퍼런스를 유관 기관·단체와 함께 공동으로 주관하여 정보보호 관련 최신 이슈에 대한 정보를 공유하고 의견을 교환 하는 장을 마련하고 있습니다.

그리고 국내 최초의 실시간 사이버 공격·방어 형식 도입, 최근 사이버위협 사고사례 기반의 훈련 아이템 적용, 국가 사이버 현안 사항 및 발전 방향에 대한 공유를 통해 사이버위협으로부터 안전한 대한민국 구축을 위한 전문가 발굴 및 양성 등을 목표로 하여 '사이버공격방어대회(CCE, Cyber Conflict Exercise &Contest)'를 개최하였습니다. 이를 통해 정보보호 종사자들의 실질적인 대응능력을 향상시키는 기회를 제공함으로써 해킹 피해를 최소화할 수 있도록 하며 사이버 공격 발생 시 대응할 수 있는 시나리오와 상황을 제시하여 이를 방어할 수 있도록 하였습니다.

1. 사이버안전훈련센터

사이버안전훈련센터(CSTEC, Cyber Security Training and Exercise Center)는 종전의 사이버보안 교육을 더욱 확대하여 실제 사이버 공격 발생 시 대처역량을 제고하기 위한 훈련 기능을 강화할 목적으로 2014년에 설립되었습니다. 사이버안전훈련센터는 종래 실시해 오던 국가·공공기관 분야의 사이버보안 교육과 국방 분야의 보안시스템 교육을 발전시켜 보다 전문화된 교육과정들을 신설하여 운영 중이며 대전에 본원을, 서울에 분원을 두고 있습니다.
또한 국가·공공기관 대상 사이버 공격이 증가하고 공격 수법도 지능화·고도화됨에 따라 관련 대응 업무를 수행하는 공직자와 전문인력 대상의 교육을 강화하고, 양질의 교육을 제공하고자 노력하고 있습니다. 특히 실제 사이버 공격 발생에 대비해 방어 중심의 기술을 습득하도록 반복적인 훈련 프로그램을 새로 개발해 사이버 위기에 대응하는 역량을 높이도록 하고 있습니다.

2. IT 보안 인증사무국

IT 보안 인증사무국(ITSCC, IT Security Certification Center)은 국제상호인정협정(CCRA, Common Criteria Recognition Arrangement)에서 정한 요건에 따라 국제표준인 공통평가기준(CC, Common Criteria)에 기반을 두고 IT 보안성 인증을 수행하는 인증기관입니다.
우리나라는 2006년 국제상호인정협정에 인증서 발행국으로 가입한 후, 5년마다 정기심사를 통해 국제 수준에 부합하는 평가·인증제도를 유지하고 있습니다. 또 IT 보안 인증사무국은 그 동안 국가보안기술연구소가 축적한 시험평가 및 취약성 분석 기술을 기반으로 안전성과 신뢰성이 검증된 정보보호 제품을 보급하기 위하여 정보보호 제품 인증업무를 수행하고 있습니다. IT 보안 인증사무국은 국내 정보보호 제품 평가자 자격부여 및 평가기관 승인을 통해 정보보호 인프라 확충에 기여하고 있으며, 국내 정보보호 제품의 안전성 및 품질을 향상시키기 위하여 정보보호 업체 및 평가기관에 대한 체계적인 기술지원과 함께 국제상호인정협정 활동을 통해 국내 정보보호 제품의 세계 시장 진출에 이바지하고 있습니다.

● **금융보안원**

금융보안원은 종합적인 금융보안 업무의 수행을 통하여 안전하고 신뢰할 수 있는 금융환경을 조성함으로써 금융 이용자의 편의 증진과 금융 산업의 발전에 기여할 목적으로 금융보안연구원과 금융결제원·코스콤의 금융정보공유·분석센터(금융ISAC) 기능을 통합해 금융권 유일의 금융보안 전담기구로 2015년 4월 출범하였습니다.

「정보통신기반보호법」 에 따라 금융정보공유·분석센터(금융ISAC)를 구축하여 금융보안관제센터 역할을 수행하며, 금융권 전자적 침해시도를 365일 24시간 실시간으로 탐지·분석하여 취약점 및 침해요인과 그 대응방안에 관한 정보를 공유·전파하고 침해사고가 발생하는 경우 실시간 경보·분석체계를 운영하고 있습니다. 또 전자금융사고 예방 및 피해 확산 방지를 위하여 은행·금융투자·카드·저축은행 등 금융권 이상금융거래정보 공유체계를 구축·운영하고 있습니다.

금융보안원은 침해사고대응기관으로 지정 받아 금융권의 침해사고 대응을 위한 중추적인 역할을 수행하고 있습니다. 침해사고에 관한 정보의 수집·전파를 위한 정보공유체계를 구축·운영하고, 침해사고의 예보·경보 발령내용을 전파하는 한편 침해사고의 원인 분석과 신속한 대응 및 피해 확산 방지를 위하여 침해사고 조사·분석, 고위험군 악성코드 수집·분석, 디도스(DDoS) 공격 비상대응센터 구축·운영, 침해사고 비상대응훈련 실시, 침해사고 대응·복구 훈련 결과 점검 등 침해 대응 업무를 수행하고 있습니다. 또한 취약점 분석·평가 전문기관으로서 금융회사 등의 보안수준을 제고하고 침해사고 예방을 위하여 전자금융기반시설 및 주요정보통신기반시설에 대한 취약점 분석·평가, 보호 대책 수립지원 및 침해사고 예방·복구에 대한 기술 지원, 금융회사의 자체 취약점 점검 지원 및 전자금융보조업자 취약점 점검 지원을 수행하고 있습니다.

금융보안원은 금융회사의 자율보안체계 확립을 지원하기 위한 자율보안 지원기관 역할 또한 수행하고 있습니다. 금융회사 등이 수립한 보안대책의 적정 여부를 검토하는 등 전자금융서비스에 대한 보안성 검토 지원과 온라인·모바일 기반의 혁신적인 금융서비스 제공을 지원하기 위한 비대면 실명확인시스템 보안성 테스트를 수행하고 있습니다. 국가 차원에서 신성장 동력으로 추진하고 있는 핀테크 산업 활성화를 위하여 핀테크 지원센터와 연계하여 핀테크 기술·서비스에 대한 보안상담, 보안컨설팅 및 보안 수준 진단을 제공하며 금융 분야 정보보호 관리체계 인증기관으로 지정 받아 금융회사 정보보호 관리체계 인증 심사 및 인증을 수행하고 있습니다. 또한 금융 분야 개인정보 비식별 조치 지원 전문기관으로서 개인(신용)정보 비식별 조치 및 정보 집합물의 결합 지원 서비스 등의 업무를 수행하고, 2017년부터는 금융권 개인·신용정보 처리 수탁자 공동점검을 통해 금융권 개인·신용정보의 보호 수준 제고와 금융소비자 보호 강화를 지원하고 있습니다.

금융회사 임직원의 금융 보안인식 제고, 금융보안 전문인력 양성 및 전자금융감독규정에 따른 금융보안교육 이수를 지원하기 위해 금융보안교육센터를 운영하여 사이버교육·집합 교육 등 다양한 교육과정을 제공하고 CISO 교육, 취약점 점검 실무 교육 등 금융권에서 필요한 주제로 맞춤형 교육을 제공하고 있습니다.

금융보안원은 금융보안 정책과 기술의 조사·연구 및 표준화를 위한 싱크탱크(Think Tank)이자 조력자(Supporter)이기도 합니다. 금융보안 정책·제도 관련 조사·연구, 가이드 개발·배포, 정책 건의, 금융보안표준화협의회 및 금융정보보호협의회 등 금융보안 관련 협의체 사무국 운영, 계간지 「전자금융과 금융보안」 발간 등을 통해 안전하고 편리한 금융환경조성을 위한 정책적·기술적 지원 활동을 활발히 수행하고 있습니다.

● 한국지역정보개발원

한국지역정보개발원(KLID, Korea Local Information Research &Development Institute)은 지방자치단체와 관련된 정보화 사업 공동추진, 전자지방정부 구현을 위한 정책지원, 지역 간 균형발전 및 지역 정보화 촉진 등의 목적으로 2008년 2월 설립된 지역 정보화 전문기관입니다. 행정안전부 산하기관으로 17개 광역자치단체가 공동으로 설립하였고 주요 기능은 크게 지역정보 시스템 운영관리, 정보보호 인프라 강화, 지역 정보화 촉진을 위한 연구 등이며 지방자치단체의 사이버 침해에 대응하기 위하여 사이버침해대응지원센터, 정보공유·분석센터를 구축·운영하고 공무원 신원확인, 전자문서 위·변조 방지 등을 위해 인증시스템을 구축·운영하고 있습니다.

1. 사이버침해대응지원센터

사이버침해대응지원센터(LCSC, Local e-Government Cyber Security Center)는 2009년 3월 개소하였습니다. 사이버침해대응지원센터는 침해대응지원시스템을 통해 17개 시·도 주요 정보시스템 및 홈페이지를 대상으로 한 사이버 공격, 홈페이지 위·변조, 홈페이지 개인정보 노출, 악성코드 감염 등에 대하여 365일 24시간 실시간 위협정보 탐지 및 침해사고 분석을 지원하고 있습니다.

특히 침해대응지원시스템을 통해 자체탐지 및 유관기관 이관 건에 대하여 신속히 접수·전파함으로써 침해사고 예방에 크게 기여하고 있으며, 홈페이지 모니터링 시스템을 통해 자치단체 홈페이지 침해사고 유무, 접속지연 등 대민서비스 모니터링을 수행하고 있다. 이 밖에도 시·도 사이버침해대응센터 보안컨설팅 및 모의훈련을 통해 사이버 대응체계·위기관리 능력 강화를 위해 노력하고 있으며 최근 급증하는 랜섬웨어와 APT 등 신기술을 이용한 사이버위협에 대응하는 '빅데이터 기반 지자체 통합 보안 관제시스템 구축사업'을 통해 2017년에 로그수집기반을 마련하고 2018년 분석시스템 도입을 통해 본격적인 빅데이터 분석에 돌입할 예정입니다.

2. 정보공유·분석센터

정보공유·분석센터(ISAC, Information Sharing &Analysis Center)는 지자체 주요정보통신기반시설에 대한 사이버위협정보 공유와 공동 대응을 위해 2013년 2월 설립되었으며 취약점 및 침해요인과 그 대응방안에 관한 정보 제공, 주요정보통신기반시설의 취약점 분석·평가 수행 등 지자체 주요 정보통신기반시설 보호에 관한 업무를 지원하고 있습니다.
주요정보통신기반시설을 겨냥한 사이버위협 상황 발생 시 신속한 정보공유와 공동대응을 위해 2014년 9월 주요정보통신기반시설 업무지원시스템(CTSS)을 구축하였으며, 이를 통해 유관기관및 민간기관에서 배포하는 사이버위협정보를 수집·분석 후 기반시설 특성에 기반한 맞춤형 정보를 공유하고 있다.
또한 기반시설 침해사고 예방을 위해 취약점 점검, 조치지원 등 보안기술지원 및 기반시설 대상 사이버 모의훈련, 기반시설 담당자 보안교육 등을 수행하고 있으며, 기반시설 분야별 전담인력을 배치하여 침해사고 발생 시 현장대응 등 실시간 비상대응체계를 유지하고 있습니다.
특히 정보보호 분야 전문 기술지원이 필요한 기반시설을 집중 지원함으로써 기반시설 정보보호 수준 제고를 위해 노력하고 있습니다.

3. 인증관리센터

행정전자서명은 「전자정부법」 제29조(행정전자서명인증) 및 동법 시행령 제28조(인증관리센터의 설치)에 근거하여 시스템을 구축·운영하고 있습니다.

행정전자서명 인증기관은 최상위인증기관(행정안전부)과 행정안전부 장관이 지정·고시하는 5개 인증기관 및 인증기관들이 지정 운영하는 794개 등록기관으로 구성되어 있습니다. 또한 민간 부문의 공인인증체계와 상호연동을 통하여 사용자 인증서비스를 제공하고 있으며 전자서명체계는 전자서명법상 공인전자서명과 「전자정부법」 상 행정전자서명 체계로 분리·운영되고 있습니다.

행정전자서명은 148만 건이 발급(2018. 1. 기준)되어 공무원의 신원확인, 전자문서 위·변조 방지 등을 위해 1,073개 기관의 8,616개 전자정부 행정서비스에 활용되고 있으며 행정·공공기관웹사이트의 개인정보 안정성 확보를 위해 전자정부 웹서비스 인증서(G-SSL)를 적용하여 지원하고 있습니다. 또한 해킹기술 발전에 따른 외부 위협으로부터 전자정부 서비스 안정성을 강화하기 위해 정부는 OTP(One Time Password, 일회용 패스워드), 복합인증(2채널), 전자문서 진본확인 등 다양한 인증 서비스를 제공하고 있습니다.

● **한국전자통신연구원**

한국전자통신연구원(ETRI, Electronics and Telecommunications Research Institute)은 1999년 민간부문 정보보호 핵심·원천 기술을 개발하기 위해 정보보호기술 연구본부를 설립하였습니다. 이후 다양한 정보보안 관련 핵심 기술을 개발하여 민간에 이전하는 등 정보보안 관련 기술 연구 및 개발을 선도하고 있는 연구조직으로 초연결 통신연구소에 정보보호연구본부를 두고 있습니다. 세계 IT 보안 트렌드가 사이버보안 위협 대응 측면에서는 산업적 문제에서 국가 안보적 문제로 보안기술 및 시스템 측면에서는 다기능·속도 경쟁에서 소프트웨어 지능 경쟁으로 변화되고 확대되는 추세에 있습니다. 이에 따라 정보보호연구본부는 '4차 산업혁명의 新사이버보안 위협에 선제적 대응 및 기술 선점을 통해 국가사회의 현안 문제를 해결하고, 산업경쟁력을 제고 하는 연구개발 역량 확보'를 목표로 다양한 정보보호 영역에 대한 연구·개발을 중점 추진하고 있습니다.

첫째, 지능보안 연구그룹에서는 지능정보 사회에서 공격 접점(Attack Surface)이 확대되고 공격 방법이 지능화되고 있는 추세에 따라 정보보호 시스템의 필수 요소인 암호 기반 기술, 암호키의 근원적 보호 기술과 지능정보기술 발전에 따른 새로운 사이버위협 대응 및 사회안전 보호를 목표로 지능형 정보보호 기술 연구개발을 중점 추진하고 있습니다. 암호 관련 기술로는 정보보호를 위해 필수적으로 요구되는 암호 기반 기술과 암호화된 데이터를 안전하게 활용하기 위한 데이터 프라이버시 보호 기술을 연구하고 있고 정보보호 시스템의 암호 모듈에서 필수적으로 사용되는 암호키의 안전한 생성·저장·관리 기술 및 암호키 취약성 분석 기술을 연구개발하고 있습니다. 지능형 침해 대응 기술로는 다양한 환경에 최적화된 보안 서비스 제공을 위해 보안 기능을 동적으로 재구성하고 지능적으로 분석·대응할 수 있는 클라우드 기반 지능형 보안 서비스 및 시스템 기술을 개발하고 있고, 지능형 사이버 공격에 선제대응하기 위하여 상황에 따라 공격자로부터 보호 대상이 스스로 변이함으로써 능동적 사전보안을 실현하는 사이버 자가변이 기술을 개발하고 있습니다.

또한 지능형 영상보안기술로는 영상 크라우드 소싱 환경에서 사회 안전서비스를 제공하기 위한 다양한 시각지능 기술을 연구 개발하고 있습니다. 구체적으로는 다중 영상 디바이스 연계형 실시간 위험 상황 인지 및 영상보안 역기능 방지 기술, 클라우드 기반 지능형 인식신경망 인큐베이팅 서비스 플랫폼 기술, 비제약·사용자 친화형 휴먼 인식 및 멀티팩터 인증 응용 기술을 개발하고 있습니다.

둘째, 시스템보안 연구그룹에서는 산업제어시스템보안기술, IoT 보안기술, 해상·육상 운송 보안기술 등 안전한 융합 인프라 보안 강화 기술뿐 아니라, 소프트웨어 및 하드웨어 계층의 보안성 검증 기술을 연구하고 있습니다. 산업제어 시스템보안기술은 주요기반시설의 계측제어 및 자동화 시스템에 대한 정보침해를 막는 산업용 방화벽 기술, 이종 망간 취약한 접점에서 안전한 통신을 제공하기 위하여 특정한 방향으로만 데이트 흐름을 허용함으로써 외부로부터의 침입을 원천적으로 차단하는 단방향 통신 게이트웨이 기술을 연구개발하고 있습니다.
IoT 보안기술은 스마트 단말의 정보유출을 방지하기 위한 MTM 기반 보안기술 및 모바일 단말의 비인가 접근 차단 솔루션 개발과 IoT 단말을 위한 시큐어 OS 기술을 개발하여 필드 적용을 통한 검증시험을 완료하였습니다. 비 IT 기술 또는 전통산업과융·복합되어 창출되는 보안 제품 및 서비스 기술로서 해양안전을 실현하기 위한 해상교통관제시스템(Vessel Traffic Service System, VTS) 개발, 자동차 전장 ECU 간 보안 전송 기술 등을 개발하고 있습니다. 보안성 검증 기술은 IT 시스템 하위계층인 펌웨어 및 하드웨어 대상의 보안 취약성 검증과 원자력 계측제어 시스템에 특화된 보안 취약성 점검 도구를 개발하고 있습니다.

셋째, 핀테크 보안 연구 파트에서는 온라인 환경에서의 안전한 인증 기술뿐 아니라 초연결·지능화되고 있는 O2O(Online to Offline) 서비스 환경에서도 사용자를 편리하게 인증하기 위하여 행위, 환경 등 정보를 이용한 무자각·무인지 인증 기술을 개발하고 있습니다. 특히 차세대 인증기술로 각광 받고 있는 FIDO(Fast Identity Online, 지문·홍채·안면인식 등을 이용한 간편 인증) 기술을 개발하여 국제시험인증을 통과하고(서버, 클라이언트, 인증장치 등 6개 기술에 대한 시험인증서 획득) 기술의 표준 적합성 및 상호운영성에 대한 검증을 완료하였습니다. FIDO 기술은 핀테크 서비스 기업 및 보안 솔루션 기업에 전수되어 간편결제·스마트뱅킹 등 서비스에 활용되고 있으며, 핀테크 보안 산업의 활성화에 큰 영향을 미쳤습니다. 또 PC/브라우저에서도 생체인식 등을 적용할 수 있는 FIDO 2.0 기술을 개발 완료해 기술상 용화를 위한 준비를 마쳤습니다.

정보보호연구본부는 개발기술의 보급에도 적극적으로 나서고 있습니다. 개발기술을 조기에 상용화하기 위해 산업계로의 단계별 기술이전을 추진하고 있습니다. 또한 적시 상용화(Timeto-Market)를 보장하기 위한 시장수요를 연구개발 단계에서 파악·반영하고 있습니다. 그리고 관련 기술의 글로벌 기술경쟁력을 확보하기 위해 국제표준화기구 및 산하 위원회인 ITUT, ISO/IEC JTC1, SC27, SC37, 그리고 W3C와 관련 국내 대응 표준기구 및 위원회에서 기술 제안 및 대응 등 표준화 활동을 강화하고 있습니다.

5.2 정보보안산업 현황

● 정보보안업체 및 시장 현황

여기에서는 우리나라의 정보보안 산업 업체 현황 및 매출액 그리고 수출액 등을 알아보겠습니다.

1. 정보보호 업체 현황

정보보안 관련 기업체의 설립 연도별 현황을 살펴보면 2000년 이전 설립 기업이 126개(38.0%), 2000년 이후 2005년 이전 설립 기업이 105개(31.6%), 2005년 이후 2010년 이전 설립 기업이 66개(19.9%), 2010년 이후 설립 기업이 35개(10.5%)인 것으로 조사되었습니다.

정보보호 기업 설립연도별 현황		
구분	정보보안	
	기업 수	비율
2000년 이전	126	38.0%
2005년 이전	105	31.6%
2010년 이전	66	19.9%
2010년 이후	35	10.5%
합계	332	100.0%
출처: 한국정보보호산업협회, 2017 국내 정보보호 산업 실태조사 2017. 12		

2. 정보보안기업 지역별 현황

정보보안 기업은 257개(77.4%), 서울에 위치한 것으로 나타나 정보보안 기업의 서울 집중 현상은 볼 수 있습니다.

정보보안기업 지역별 현황		
구분	정보보안	
	기업 수	비율
서울	257	77.4%
서울 외	75	22.6%
합계	332	100%
출처: 한국정보보호산업협회, 2017 국내 정보보호 산업 실태조사 2017. 12		

3. 정보보안 기업 자본금 규모별 현황

정보보안 기업 중, 자본금이 50억 미만인 기업이 88.2%로 대부분을 차지하고 있음을 알 수 있습니다.

정보보안 기업 자본금 규모별 현황		
구분	정보보안	
	기업 수	비율
10억 미만	198	59.60%
10~50억 미만	95	28.6%
50~100억	26	7.8%
100억 이상	13	3.9%
합계	332	100.0%
출처: 한국정보보호산업협회, 2017 국내 정보보호 산업 실태조사 2017. 12		

4. 정보보안 기업 종사자 규모별 현황

정보보안 관련 기업체의 종업원 규모별 현황을 살펴보면 종업원 수가 100인 미만인 기업은 정보보안 71.4%로 전체의 75.6%를 차지하고 있음을 알 수 있습니다.

정보보안 기업 종사자 규모별 현황		
구분	정보보안	
	기업 수	비율
20인 미만	92	27.7%
20~100인 미만	145	43.7%
100~200인 미만	55	16.6%
200인 이상	40	12.0%
합계	332	100.0%

출처: 한국정보보호산업협회, 2017 국내 정보보호 산업 실태조사 2017. 12

5. 정보보안 기업 제품 및 서비스 현황

정보보안 기업의 사업 분야를 분류해 보면 정보보안제품을 73%의 기업이 취급하며 정보보안 서비스를 취급하는 회사는 전체의 27%인 것으로 조사되었습니다.

제품별 취급 기업 수를 살펴보면 네트워크 보안 28.9%, 시스템보안 11.6%, 콘텐츠/정보유출방지보안 14.7%, 암호/인증 6.6%, 보안관리 11.2%인 것으로 조사되었습니다.

정보보안 서비스의 경우는 보안컨설팅서비스 11.2%, 유지관리서비스 10.2%, 보안관제서비스 4.1%, 교육/훈련서비스 0.4%, 인증서비스가 1.1%입니다.

정보보안 기업 제품 및 서비스 현황			
구분	정보보안		
	분류	기업체수	비율
정보보안 제품	네트워크 보안	140	28.9%
	시스템 보안	56	11.6%
	콘텐츠/정보유출방지보안	71	14.9%
	암호/인증	32	6.6%
	보안 관리	54	11.2%
	소계	353	73.2%
정보보안 서비스	보안 컨설팅 서비스	54	11.1%
	유지 관리 서비스	49	10.1%
	보안관제 서비스	20	4.2%
	교육/훈련 서비스	2	0.4%
	인증서비스	5	1.0%
	소계	130	26.8%
합계		483	100.0%
출처: 한국정보보호산업협회, 2017 국내 정보보호 산업 실태조사 2017. 12			

6. 정보보안산업 매출 현황

정보보안매출액은 2016년 2조 4,540억 원에서 2017년 2조 7,064억 원으로 10.3% 증가하며 매년 성장세를 보이고 있습니다.

정보보안산업 매출 현황 (단위: 백만 원)			
구분	정보보안		
	2015	2016	2017
매출액	2,108,659	2,454,024	2,706,442
성장률	16.4%		10.3%
출처: 한국정보보호산업협회, 2017 국내 정보보호 산업 실태조사 2017. 12			

정보보안 기업 매출액 (단위: 백만 원)			
구분	2016	2017(E)	증감률
정보보안 제품	1,895,179	2,062,318	8.8%
정보보안 서비스	558,845	644,124	15.3%
출처: 한국정보보호산업협회, 2017 국내 정보보호 산업 실태조사 2017. 12			

7. 정보보안 기업 제품군 및 서비스 군별 매출 현황

정보보안 시장의 제품군 및 서비스 군별 매출 비중을 살펴보면, 정보보안 제품은 네트워크 보안, 콘텐츠·정보유출방지보안 분야의 매출 비중이 높으며 정보보안서비스는 인증서비스, 보안관제분야의 매출 비중이 높은 것으로 조사되었습니다.
정보보안 제품 부문에서는 암호·인증, 네트워크 보안 제품의 수요가 증가한 것으로 분석되며 정보보안서비스 부문에서는 보안공격의 지능화, 고도화, 복잡·다양화에 대응하기 위한 보안관제서비스가 증가하는 것으로 분석되었습니다.

정보보안 기업 제품군 및 서비스 군별 매출 현황 (단위: 백만 원)				
구분		2016	2017	증감률
정보 보안 제품	네트워크 보안	570,215	639,510	12.2%
	시스템(단말) 보안	283,775	305,144	7.5&
	콘텐츠/정보 유출 방지보안	410,154	438,751	7.0%
	암호/인증	105,153	120,524	14.6%
	보안 관리	217,258	224,265	3.2%
	기타 제품	308,624	334,124	8.3%
	소계	1,895,179	2,062,318	8.8%
정보 보안 서비스	보안컨설팅	137,546	153,142	11.3%
	유지관리/ 보안성 지속	131,253	149,521	13.9%
	보안관제	234,228	274,281	17.1%
	교육/훈련	1,583	1,668	5.4%
	인증서비스	54,235	65,512	20.8%
	소계	558,845	644,124	15.3%
합계		2,454,024	2,706,442	10.3%
출처: 한국정보보호산업협회, 2017 국내 정보보호 산업 실태조사 2017. 12				

8. 정보보안제품 및 서비스 수출현황

정보보안 수출액은 2016년 890억 원에서 2017년 974억 원으로 9.5% 증가하였으며 정보보안의 경우 권역별 수출 비중의 37.1% 정도가 일본에서 발생하고 있습니다.

정보보안제품 및 서비스 수출현황
(단위: 백만 원)

구분	정보보안		
	2015	2016	2017
수출액	78,133	88,978	97,434
증감률		13.9%	9.5%

출처: 한국정보보호산업협회, 2017 국내 정보보호산업 실태조사 2017. 12

정보보호 제품 및 서비스 국가별 수출 현황 (단위: %)			
구분	정보보안		
	2015	2016	2017
일본	38.1	37.8	37.1
중국	19.1	18.7	18.2
미국	1.3	1.5	1.8
유럽	4.6	4.7	4.8
기타	3.7	37.3	38.2
출처: 한국정보보호산업협회, 2017 국내 정보보호 산업 실태조사 2017. 12			

정보보호 산업 수출 추이 (단위: 백만 원)							
구분	2012	2013	2014	2015	2016	2017	CAGR 2012~2017
수출액	58,688	70,422	72,989	78,133	88,978	97,434	10.7%
출처: 한국정보보호산업협회, 2017 국내 정보보호 산업 실태조사 2017. 12							

정보보안 산업은 1990대 중후반 태동하기 시작하여 2017년 기준으로 기업체 수 332개사, 시장규모 2조 7,000원 시장으로 성장하였습니다. 또한 해외 수출액도 매년 증가 하고 있습니다.

안랩, SK인포섹 같은 여러분이 한 번쯤 들어본 기업 이외에도 국내에는 수많은 정보보안 기업 존재 합니다. 하지만 여기에서 그 많은 기업을 모두 소개하는 것이 어렵다는 점 양해 부탁드립니다. 민간기업에 대한 정보는 한국정보보호산업협회(KISIA, www.kisia.or.kr)에서 확인하실 수 있습니다.

이 책을 보며 정보보안 전문가의 꿈을 키우는 여러분의 먼 여정을 진심으로 응원합니다.

부록

부록 1. 국내 정보보호 관련 주요사이트
부록 2. 개인정보 오남용 피해방지 10계명
부록 3. 스마트폰 이용자 개인정보보호 10대 수칙

부록 1. 국내 정보보호 관련 주요사이트

[관련기관 사이트] 출처: 2018 국가정보보호백서		
구분	기관명	사이트
국가기관	국가정보원	www.nis.go.kr
	과학기술정보통신부	www.msit.go.kr
	방송통신위원회	www.kcc.go.kr
	행정안전부	www.mois.go.kr
	금융위원회	www.fsc.go.kr
	개인정보보호위원회	www.pipc.go.kr
전문기관	한국인터넷진흥원	www.kisa.or.kr
	금융보안원	www.fsec.or.kr
	한국지역정보개발원	www.klid.or.kr
	한국전자통신연구원	www.etri.re.kr
민간단체	한국정보보호산업협회	www.kisia.or.kr
	한국침해사고대응팀협의회	www.concert.or.kr
	한국CISO협회	www.cisokorea.org
	개인정보보호협회	www.opa.or.kr
	한국개인정보보호협의회	www.kcppi.or.kr

	한국융합보안학회	www.kcgsa.org
	한국사이버안보법정책학회	cafe.daum.net/cybersecuritylaw
	한국산업보안연구학회	www.kais.or.kr
	한국CPO포럼	www.cpoforum.or.kr

[개인정보보호 포털]		
구분	개인정보보호 종합포털	온라인 개인정보 보호 포털
사이트	https://www.privacy.go.kr	https://i-privacy.kr

부록 2. 개인정보 오남용 피해방지 10계명

출처: 한국인터넷진흥원(KISA)

1. 개인정보처리방침 및 이용약관 꼼꼼히 살피기

회원가입 하실 때에 다들 개인정보 이용 동의를 하셨을 겁니다. 개인정보처리자가 개인정보보호법에 따라 개인정보를 수집하거나 제3자에게 제공할 때에는
① 개인정보를 제공받는 자
② 개인정보 이용목적
③ 제공하는 개인정보 항목
④ 개인정보 보유 및 이용 기간
을 반드시 공개하고 동의를 받도록 되어 있습니다.

2. 비밀번호는 문자와 숫자로 8자리 이상

비밀번호를 설정할 때에는 영어 대문자, 소문자, 숫자, 특수문자를 조합하여 8자리 이상으로 하여 다른 사람이 그 비밀번호를 쉽게 추측할 수 없도록 설정하는 것이 좋습니다.

3. 비밀번호는 주기적으로 변경하기

비밀번호는 6개월에 한 번씩 변경하는 것을 권장합니다.

4. 회원가입은 주민등록번호 대신 I-PIN 사용하기

아이핀은 인터넷상 개인식별번호로서 온라인상에서 본인확인을 할 수 있는 수단 중 하나입니다. 2018년 10월 31일부터 공공아이핀 신규발급, 재발급이 중단되었기 때문에 민간아이핀을 발급받아 회원가입을 할 때 주민등록번호 대신 사용할 수 있습니다.

[민간 아이핀 발급 사이트]	
명칭	발급 사이트
NICE아이핀	www.niceipin.co.kr
SIREN24	www.siren24.com
KCB	www.ok-name.co.kr

5. 명의도용확인 서비스 이용하여 가입정보 확인

명의도용확인 서비스로 인터넷 가입정보 확인, 실명인증기록 조회 등을 할 수 있습니다.

6. 개인정보는 친구에게도 알려주지 않기

자신의 아이디, 비밀번호, 주민등록번호 등 개인정보가 공개되지 않도록 주의하세요.

7. 공유 폴더 등에 개인정보 저장하지 않기

P2P 서비스, 공유 폴더, 홈페이지 등에 개인정보가 기록된 파일이 게시, 전송되지 않도록 주의하세요. 실제로 인터넷 P2P 사이트에서 수집된 주민등록번호로 대포통장, 대포폰 등을 개설하여 악용한 사례가 있습니다.

8. 금융거래는 PC방에서 이용하지 않기

개방환경인 PC방 등에서 금융거래를 할 경우 신용카드 번호와 같은 금융정보가 유출될 수 있습니다.

9. 출처가 불명확한 자료는 다운로드 금지

웹사이트나 이메일을 통해서 해킹프로그램, 랜섬웨어 등이 컴퓨터에 설치될 수 있습니다. 그러니 불명확한 파일은 다운로드 받지 말고 수상한 이메일이 온 경우 열어보지 말아야 합니다.

10. 개인정보 침해신고 적극 활용하기

인터넷 신고(KISA 개인정보침해 신고센터) : www. privacy. kisa.or.kr/ 전화신고: 국번 없이 118 (ARS 내선 번호 1번)

부록 3. 스마트폰 이용자 개인정보보호 10대 수칙

출처: 한국인터넷진흥원(KISA)

1. 내 스마트폰, 나만의 비밀번호 설정하기

 * 분실 시 연락처 설정하기 (가족, 지인 등)
단말기를 분실 혹은 도난 당했을 경우 개인정보가 유출되는 것을 방지하기 위해 단말기 비밀번호를 설정하여야 합니다. 또한 단말기 분실로 인한 피해를 예방하기 위해 '분실 시 연락처 설정' 기능을 이용하는 것이 좋습니다. 초기비밀번호 설정 (예: 0000)을 나만의 비밀번호로 설정해 주세요.
※ 설정 & 잠금화면 & 분실 시 연락처 설정

2. 스마트폰 개인정보 보호를 위한 백신 등 필수 앱 설치하기

 스마트폰 내의 개인정보 보호를 위해 백신 앱은 꼭 설치하고 정기적으로 바이러스 검사를 해야 합니다.
또한 백신 앱 외에 스팸 차단 앱 및 스미싱 차단 앱 등도 스마트폰을 안전하게 사용하는데 도움이 됩니다.

3. 스마트폰 기본운영체제 (iOS, 안드로이드) 변경하지 않기

스마트폰 플랫폼 구조를 변경 (예: 애플[탈옥], 안드로이드[루팅]) 하여 사용할 경우 기본적인 보안 기능 등에 영향을 주어 개인정보 유출 등의 문제가 발생할 수 있습니다.
※ 환경설정 & 보안 & 알 수 없는 출처(소스) 체크 해제

4. 개인정보를 과도하게 수집하는지 확인하기

스마트폰에 앱 설치 시 필요 이상의 개인정보를 수집하는지 꼭 확인해야 합니다. 불필요한 개인정보 제공으로 인하여 피해가 발생할 수 있습니다.

예) 게임 앱 설치 시 음성녹음 기능사용 및
개인 연락처 정보 요구 등

5. 금융정보 등 중요한 정보는 스마트폰에 저장하지 않기

계좌번호, 계좌 비밀번호, 보안카드번호 등의 금융정보를 스마트폰에 저장할 경우 스마트폰 분실 · 바이러스 감염 시 해당 정보가 유출될 수 있습니다.

예) 보안카드나 신분증 사본, 은행 계좌번호 등

6. 믿을만한 문자와 메일만 확인하기

문자메시지와 이메일 내의 첨부파일과 인터넷주소를 통해 악성코드가 유포되고 있습니다. 따라서 출처가 확인되지 않은 문자메시지나 이메일의 첨부파일과 인터넷주소는 클릭하지 말고 삭제하거나 지인에게 온 문자메시지나 이메일의 경우 먼저 전화 등을 통해 확인하는 것이 좋습니다.

예) '청첩장', '돌잔치' 문자 등 스미싱•파밍 주의

7. 백신을 주기적으로 업데이트하여 점검하기

악성 코드는 새롭게 변형·개발되기 때문에 이에 대비하기 위해서 백신 앱을 항상 최신 버전으로 업데이트 한 후 주기적으로 스마트폰을 점검해야 합니다.

※ 개인정보 유출, 스마트폰 금융 사기를 방지하는 가장 쉽고 효과적인 방법은 바로 백신 프로그램 업데이트와 실시간 감시 기능 활성화입니다.

8. 블루투스•와이파이(Wi-Fi)는 사용할 때만 켜고, 평상시는 끄기

지금까지 국외에서 발생한 스마트폰 악성코드의 상당수가 무선 인터페이스의 일종인 블루투스(Bluetooth) 기능을 통해 유포된 것으로 조사되고 있습니다. 따라서 악성코드로 인한 피해 예방을 위해 블루투스나 무선랜을 사용하지 않을 경우에는 해당 기능을 비활성화(꺼놓음)하는 것이 필요합니다.

9. 보안 설정이 되지 않은 와이파이(Wi-Fi) 사용 주의

개인정보 등을 요구하는 민감한 서비스를 이용할 경우 출처가 불분명하거나 보안 설정 없는 무선랜(Wi-Fi)은 사용하지 말고 이동통신망(3G 혹은 LTE 등)을 이용하는 것이 좋습니다.

"해커와 피해자가 같은 와이파이망을 쓰면 악성코드 없이도 파밍을 할 수 있어요."- 동아일보, '일상생활 노리는 해킹' 발췌 (2013.09.25.)

10. 교체 시(폐기 시) 스마트폰 속 개인정보 삭제하기

개인정보 유출 방지를 위해 스마트폰 교체(폐기)전 저장된 연락처, 사진, 공인인증서 등 개인정보를 모두 삭제해야 합니다. 삭제 방법은 제조사와 기종에 따라 다를 수 있습니다. 이용 중인 스마트폰 제조사 고객센터에 문의하세요!

※ 환경설정 & 백업 및 재설정 & 기본값 데이터 재설정

에필로그

[정보보안 사고 목록]			
구분	년도	명칭/기관	피해 내역
1	2003년	1.25 인터넷 침해사고	9시간 간 마비
2	2006년	리니지게임 명의도용 사고	50만 명
3	2008년	옥션 해킹사고	1,863만 명
4	2009년	7.7 DDoS 사건	정부,은행, 포털 사이트 마비
5	2010년	3.4 디도스 대란	정부,은행, 포털 사이트 마비
6	2011년	SK컴즈 개인정보 유출 사고	3,500만 명
7	2013년	3.20 및 6.25 사이버 공격	전산망 마비
8	2014년	KT, SKT, LGU+	890만 명
9	2014년	국민카드, 롯데카드, 농협카드	2,000만 명
10	2015년	하나투어	100만 건
11	2016년	인터파크	1030만 건
12	2018년	코인레일, 빗썸 가상화폐 유출	750억 원

사실 이것뿐만이 아니라 훨씬 더 알려드릴 게 많습니다.
일일이 모두 기술하기가 어려울 정도로.

지난 20여 년간 우리나라의 정보통신기술의 발달 특히 정보화와 인터넷 관련 기술의 발달은 업무 생산성과 효율성의 향상, 언제 어디서나 필요한 정보를 쉽게 취득, 가공, 재생산해서 지식정보화사회를 가져왔다는 점에서 우리 사회의 발전에 공여한 바가 컸습니다.
또한 이는 전 세계적인 현상으로 우리와 같이 자원이나 영토가 부족한 국가에서는 지식창조 산업인 정보통신기술을 적극 활용하여 선진국으로 도약하여 여러 강대국들과 경쟁할 수 있는 중요한 근간으로써 올바른 방향으로 나아가고 있다고 말할 수 있습니다.

이와 더불어 정보화 사회의 순기능에도 불구하고 모든 사회가 인터넷으로 상호 연결되어 네트워크화되고 국가기관 및 민간기업의 대부분의 활동이 인터넷 기반으로 이루어지고 심지어 개인의 활동 역시 인터넷 기반으로 이루어짐에 따라 단순한 인터넷 침해사고의 경우에도 상황에 따라서는 그 피해가 심각하게 나타나는 인터넷 네트워크 사회에 살고 있습니다. 그러므로 인터넷상에서 침해사고가 발생 시 그 피해는 순식간에 기하급수적으로 늘어날 수 있으며 그 파장은 모든 영역에 미친다는 점에서 정보사회의 발달은 양날의 칼이라 하지 않을 수 없습니다.

이러한 정보통신기술의 순기능을 최대한 활용하고 역기능을 최소화하기 위해서는 사회 모든 영역과 구성원들이 인터넷 침해사고에 대한 관심과 방지를 위한 노력에 신경을 기울여야 합니다.

최근 15여 년간 다양한 인터넷 침해사고가 발생했습니다.
앞으로도 정보보안 인재는 더욱 필요할 것입니다.
정보보안 전문가를 꿈꾸는 사람들에게 가이드 역할을 하여 우리나라가 사이버 안전 강국으로 거듭나기를 기원합니다.

여러분의 건승을 진심으로 기원합니다.